Un dernier roman pour la route

Pascal Inard

Couverture par Isabelle Inard

Éditions Happy Paw Prints, PO Box 2604, Cheltenham 3192, Australie

ISBN: 978-0-9874259-0-4

A Isabelle, l'amour de ma vie

I

« Un livre est un objet mystérieux et une fois qu'il a pris son envol, n'importe quoi peut arriver »
Paul Auster

Mes idées se sont envolées, je ne les ai pas vues partir. Elles sont loin, il est trop tard pour les rattraper. Cela fait une semaine que je suis devant mon écran et rien ne vient; comme tout écrivain j'avais déjà eu le syndrome de la page blanche, mais cela ne durait jamais longtemps. Le syndrome du livre blanc est une maladie beaucoup plus virulente. Elle m'a pris par surprise, il n'y a eu aucun symptôme annonciateur. Impossible de démarrer ce qui aurait dû être mon cinquième roman, c'est le néant. Je n'ai jamais pensé que cela pourrait m'arriver après tout le chemin parcouru depuis la rédaction de mon premier roman.

A l'époque j'étais professeur de français dans une banlieue défavorisée de Grenoble, de quoi décourager les plus tenaces. Les élèves n'avait aucun désir d'apprendre ni de réussir.

Leurs parents vivotaient avec les allocations et des petits boulots et il n'y avait pas de place chez eux pour faire leurs devoirs. Au début, j'essayais de les motiver, de leur donner un espoir mais ils devaient sentir qu'ils ne vivaient pas dans un pays prêt à leur donner une chance et que c'était une cause perdue. Alors l'écriture s'est imposée à moi comme une échappatoire, et même plus, une nécessité; il est vrai que depuis tout petit, j'ai aimé écrire tout ce qui me passait par la tête : des poèmes, des histoires ou des petites pièces de théâtre que je jouais avec mes cousins aux fêtes de famille. La dernière histoire que j'ai commencée à écrire s'est transformée en roman. J'étais loin de me douter que je mettrai deux ans pour le finir, et de l'ampleur que cela allait prendre. Non seulement tout mon temps libre y passait, mais mon temps de classe était mis à contribution aussi. Il m'arrivait de m'arrêter en plein milieu d'une explication de texte pour écrire une idée qui m'était venue sur mon petit carnet qui ne me quittait jamais.

- Tu devrais sortir de temps en temps, ce n'est pas en restant enfermé à écrire que tu vas trouver une petite amie, me disait ma mère toujours inquiète pour moi mais aussi désespérée à l'idée de pas avoir de petits-enfants, car cela faisait deux ans que ma sœur ainée Justine essayait de donner la vie.

- Je n'en ai pas besoin, l'écriture est l'amour de ma vie, je lui donne mon corps, mon âme et mon esprit et elle me rend heureux. En plus, elle est très exigeante, elle ne supporterait pas que je lui fasse des infidélités.

Elle haussa les épaules.

- N'importe quoi !

- Depuis le temps que tu l'as commencé, tu ne nous as toujours pas dit de quoi parle ton livre, me demanda Justine, impatiente d'en savoir plus.

- C'est l'histoire d'une jeune femme, Éloïse, qui revendique son droit au bonheur. La vie n'a pas été généreuse avec elle et elle se révolte contre cette injustice. Elle va trouver des armes avec lesquelles elle va se battre pour son bonheur.

- Ça m'a l'air violent, remarqua ma mère avec inquiétude.

- Ses armes ne font pas couler de sang, elle utilise sa force de caractère, sa créativité et sa générosité pour être heureuse dans toutes les épreuves qu'elle doit affronter. C'est grâce à cela qu'elle va y arriver.

- Mais où trouve tu toutes ces idées ?

Justine était séduite par ce que je faisais, elle m'a toujours encouragé dans ce que je faisais, elle est comme une deuxième maman. Je n'ai pas pu lui répondre car je n'ai jamais su d'où me venaient mes idées. Impossible de les apprivoiser, elles n'en faisaient qu'à leur tête. Elles n'attendaient pas d'être invitées, elles arrivaient à l'improviste. Cela pouvait être quand j'étais dans ma douche ou en train de manger. Je ne leur en voulais pas, elles étaient mes amies. Sans elles, je ne pouvais pas écrire et quand elles tardaient à se manifester, je déprimais. Cela ne durait jamais bien longtemps. Quand Jean-Claude m'invitait chez lui, il arrivait toujours à me remonter le moral en me racontant des blagues et en me faisant des bons petits plats dont il avait le secret. C'était mon ami d'enfance, nous avions grandi ensemble dans le quartier de l'île verte et fait nos études à l'université de Grenoble. Il était maintenant professeur d'EPS au collège de Meylan, ce qui lui permettait de donner libre cours à sa gourmandise tout en restant en forme.

Mon autre remède consistait à prendre une bouffée d'air alpin, beaucoup plus sain que celui de Grenoble. La ville était une serre où la pollution était prisonnière des remparts que constituaient les montagnes qui entouraient la ville. « Au bout de chaque rue une montagne » avait dit Stendhal. Impossible de leur échapper, donc j'avais préféré les conquérir plutôt que de les subir. Depuis mon enfance j'ai toujours aimé marcher, grimper et skier et je continuais avec Jean-Claude, mon père, ou parfois tout seul. J'en revenais toujours régénéré, autant dans mon corps que dans mon esprit. Cela convenait aux idées qui venaient en abondance après mes excursions montagnardes.

Ces deux années ont été délicieuses, écrire mon premier roman était comme le frisson du premier amour de jeunesse. L'écriture me rendait ivre de bonheur, c'était ma drogue. Je créais des personnages, leur donnais une personnalité et une âme. Ils faisaient ce que je décidais, c'était autre chose que de m'occuper de mes élèves qui ne m'écoutaient jamais. Mes personnages m'appartenaient, j'étais leur créateur. Pour les besoins de l'histoire je devais parfois les faire souffrir, mais je pensais le faire avec une certaine justice, car le monde que je bâtissais était différent de celui où je vivais, dans lequel les innocents étaient punis et les coupables récompensés. Mon image de créateur bienfaiteur a été remise en question le jour où Eloïse s'est rebellée.

- Tu vas arrêter de me faire souffrir, je ne veux plus rester avec Kevin, j'en ai marre de me faire battre à chaque fois qu'il prend une cuite.

- Mais ton amour pour lui est tellement fort qu'il finira par changer, donne lui du temps.

- Tu vas me laisser partir, sinon nous seront détruits tous les deux.

Le jour suivant, j'ai continué d'écrire comme si de rien n'était. C'était sans compter sur la ténacité d'Éloïse. J'aurais dû m'en douter, après tout c'est moi qui l'avais créée.

- Tu ne m'écoutes donc jamais, mais pour qui te prends-tu ?

- Vas-t-en, tu n'es que le fruit de mon imagination !

- C'est toi qui m'a donné la vie, mais tu ne peux pas en faire ce que bon te semble !

Je me suis réveillé en sueur et j'ai pris une douche froide pour me calmer. Je n'ai pas pu me rendormir, les paroles d'Eloïse tournaient dans ma tête. Heureusement que c'était

Dimanche, je n'aurai pas à affronter mes élèves avec une mine de déterré. A six heures du matin, je suis allé me promener sur les berges de l'Isère pour me changer les idées. Et si Eloïse avait raison ? Je l'avais créé avec beaucoup d'amour, mais aussi avec un esprit libre et une forte personnalité. Si je la faisais rester avec ce bourreau, cela ne s'accorderait pas avec son caractère. Elle avait assez souffert pour rien et Kevin n'était pas heureux non plus. Eloïse l'a donc quitté ce jour-là en douce car elle voulait éviter une scène qui aurait pu mal finir. Elle n'est pas revenue me tourmenter cette nuit-là, mais j'ai eu d'autres visites de mes créations dès qu'elles n'étaient pas contentes de la tournure de leur vie. Elles ont certainement contribué à mon succès et ont rendu mon écriture plus libre car je ne prévoyais pas à l'avance tout le déroulement de l'histoire en sachant qu'il pouvait être détourné par les personnages.

Il y a aussi des personnes en chair et en os à qui je dois beaucoup. Louis a joué le rôle de sauveteur maintes fois quand je me retrouvais dans une impasse que j'avais créée dans mon histoire. C'est un ami de la famille qui tient la librairie Notre-Dame et il a été mon fournisseur de récits depuis ma toute petite enfance quand ma mère me lisait des histoires qui me faisaient rêver. Il ne se passait pas une semaine sans que j'aille le voir. Il avait des goûts très éclectiques et il était tellement passionné qu'il m'a fait découvrir des livres que je n'aurais jamais pensé aimer. Quand je lui faisais part de mes doutes, il me conseillait toujours d'aller à l'essentiel. Il me posait toujours les questions qui me faisaient prendre le recul dont j'avais besoin.

- Qu'est-ce que tu as voulu dire dans ce chapitre ?
- Que ses armes sont à manier avec précaution, il y a des conséquences que l'on ne peut pas prévoir et ses choix pourraient se retourner contre elle.

- Je crois que tu devrais laisser des choses en suspense pour le moment, pour que tes lecteurs puissent imaginer ce que ces conséquences pourraient être, tu pourras les développer plus tard.

Il était rare que je ne tienne pas compte de ses conseils. Pendant la gestation de mon livre, aussi longue que celle d'un éléphanteau, Louis a été comme une sage-femme, il prenait toujours des nouvelles du bébé et l'aidait à bien se développer. Le jour de l'accouchement il a été le premier à le tenir dans ses bras.

- Bravo Pierre, tu y es arrivé, je suis fier de toi !

- C'était un déchirement de dire au revoir à mes personnages.

- Mais maintenant ce sont tes lecteurs qui vont les faire revivre.

- Qu'est-ce que tu veux dire ?

- Il faut que tu fasses publier « Les armes du bonheur ».

- Mais tu sais que cela n'a jamais été mon but, j'ai écrit simplement pour le plaisir d'écrire. De toute façon, mon écriture n'est pas assez bonne pour être publiée.

- Je suis sûr que ce roman pourra toucher d'autres lecteurs que moi, ce serait une vraie perte de ne pas le partager.

- Les maisons d'édition en reçoivent des dizaines chaque jour, j'ai autant de chance de voir mon livre édité que de gagner au loto !

- Pourquoi ne pas profiter du salon du livre pour te faire une meilleure idée ?

- On peut toujours voir, répondis-je sans y croire.

Nous avions prévu d'y aller ensemble, comme chaque année. C'était notre pèlerinage annuel au temple de la lecture, l'occasion de côtoyer des créateurs dont les représentants des maisons d'éditions étaient les prophètes. Je ne savais pas encore le rôle qu'une rencontre fortuite allait jouer.

Il y a un mois, Jean-Claude et moi étions allés faire du ski de fond à Autrans. Le froid était intense, un soleil éclatant faisait briller la neige, et nous avions skié jusqu'à la nuit tombante. Nous avions mangé un bon repas à l'auberge de la croix Perrin et il se faisait tard lorsque nous avons pris la route de Grenoble. Il y a des virages dangereux sur cette route car ils ne voient jamais le soleil et les plaques de verglas peuvent donner de mauvaises surprises. Une voiture avait glissé sur le côté et le conducteur nous faisait de grands signes.

- Ça fait une heure que j'attends, j'ai cru que j'allais devoir passer la nuit ici, j'ai eu une peur bleue !

- Vous allez jusqu'où ?

- Je devais rendre ma voiture de location et prendre le dernier TGV pour Paris, mais maintenant c'est trop tard !

- Vous avez l'air frigorifié, venez donc vous réchauffer chez moi, j'ai un canapé lit, vous pouvez passer la nuit et prendre un TGV demain matin.

- Vraiment ? Je ne veux surtout pas vous déranger.

- Pas de problème, je vous assure ! C'est la première fois que vous venez dans le Vercors ?

- Oui et cela faisait longtemps que je voulais le découvrir, et malgré cet incident, je ne suis pas déçu, c'est magnifique !

Guillaume m'a laissé sa carte de visite en me faisant promettre de le contacter si jamais je visitais Paris, mais elle a fini par être oubliée au fond d'un tiroir.

Louis et moi avions réservé une chambre dans un hôtel non loin de la porte de Versailles où se tenait le salon du livre. Cela faisait quatre ans que nous venions ensemble, mais Louis venait depuis que le salon existait, alors il avait ses habitudes. J'avais pris quelques copies de mon manuscrit en espérant pouvoir le soumettre à des éditeurs, mais ils étaient venus pour faire de la promotion, pas pour découvrir de nouveaux talents. En arrivant au stand de Gallimard, Guillaume fut le premier à me voir.

- Bonjour, est-ce que vous vous rappelez de moi ? Le motoriste que vous avez secouru dans le Vercors ?

- Bien sûr Guillaume, je suis ravi de vous revoir.

- J'aimerais bien discuter plus longuement, mais je suis de permanence aujourd'hui. Venez plutôt dîner à la maison à vingt heures, cinquante-neuf rue de Grenelle.

C'est quand il m'a redonné sa carte que je me suis rendu compte que j'étais venu en aide à l'un des responsables littéraires de Gallimard. Louis est moi avons passé le reste de la journée à la chasse aux trésors littéraires et nous avons découvert quelques perles rares. J'étais un peu nerveux, mais Guillaume nous a mis tout de suite à l'aise.

- Depuis ma mésaventure dans le Vercors, je voulais vous écrire un petit mot pour vous remercier mais j'ai été tellement occupé à préparer le salon que le temps m'a filé entre les doigts. C'est un hasard heureux qui me permet enfin de le faire.

- De mon côté, j'avais complètement oublié votre offre généreuse, je n'ai pas souvent l'occasion de monter à Paris. C'est magnifique chez vous.

- Je me plais bien ici, Alfred de Musset y a vécu jusqu'à son voyage à Venise avec George Sand. Je sens que l'âme du poète habite encore ici.

La femme de Guillaume était une excellente cuisinière et nous nous sommes régalés ; ce n'est qu'au dessert que j'ai pu aborder la question de mon livre.

- Je vais le lire, mais je ne peux rien vous promettre car il faut qu'il soit validé par le comité de lecture et cela peut prendre du temps.

De retour à Grenoble, je n'y ai plus pensé, car je me consacrais déjà à mon prochain roman. Parmi les idées que j'avais consignées dans mon cahier, j'ai choisi de raconter l'histoire de Valérie car je voulais écrire un roman avec du mystère. Elle a perdue toute sa famille dans un accident et n'a plus le gout de vivre. C'est son amour des oiseaux qui va la sauver. Un jour, elle trouve un hibou qui s'est blessé au fond de son jardin. C'est en lui réapprenant à voler qu'elle va découvrir un secret sur sa famille qu'elle n'aurait jamais soupçonné.

Dès que mon choix a été fait, je me suis senti pris par une fièvre d'écrire. J'étais un jardinier qui faisait fleurir les idées apportées par un vent mystérieux sur les pages blanches de mon ordinateur, et qui en engendraient d'autres. Ce tourbillon d'idées s'est emparé de moi et seul mon travail me ramenait à terre. Je n'ai jamais su si mes élèves ont remarqué que je n'étais plus tout à fait présent. J'aurais voulu les amener avec moi pour qu'ils connaissent eux aussi le bonheur de la créativité, mais il n'y avait qu'une place sur ce vol au pays des idées.

Deux mois plus tard, j'ai reçu une lettre de Guillaume :

Cher Pierre,

Tout d'abord je voulais vous dire à quel point j'étais heureux d'avoir fait votre connaissance ; non seulement avons-nous passé une excellente soirée ensemble mais ce plaisir s'est prolongé avec la lecture de votre roman. Félicitations ! C'est très prometteur, c'est tout à fait ce que recherche notre maison. Nous ne publions pas beaucoup de premiers romans et le choix est très difficile, mais je pense que le vôtre pourrait tout à fait en faire partie, donc je vais le soumettre à la prochaine session du comité de lecture.

Je ne me faisais toujours pas d'illusion et cela ne changeait en rien mon désir ou ma façon d'écrire. J'écrivais pour le plaisir et rien d'autre. Par une belle journée du mois de Juin Guillaume m'a appelé pour m'annoncer que le comité avait été très impressionné et que mon livre allait être édité. Six mois plus tard, j'ai reçu quelques exemplaires de mon premier roman mais je n'arrivais toujours pas à me rendre compte que j'étais enfin un écrivain édité. Pour l'instant ma vie était la même, j'allais au collège donner mes cours, mes élèves étaient toujours aussi peu motivés, mes collègues désillusionnés par leur métier et les conditions dans lesquelles ils l'exerçaient. D'ailleurs je ne leur avais pas parlé ce cet événement, ni à mes élèves. Un jour, Carole, le professeur d'Anglais me demanda si j'avais un lien de parenté avec un écrivain nommé Pierre Valdo dont elle venait d'acheter le livre. Inutile de le cacher ou de faire de la fausse modestie, j'ai avoué la vérité. C'est ainsi qu'en quelques jours tout le collège su qu'il y avait un écrivain parmi ses professeurs. Sophie, l'une de mes rares élèves à vouloir s'en sortir, vint me parler après le cours pour me dire que sa maman avait beaucoup aimé mon livre. En l'espace d'une semaine j'ai senti que les attitudes changeaient, mes élèves étaient impressionnés par leur professeur-écrivain et certains commençaient à s'appliquer d'avantage. Si la publication de mon roman allait motiver mes élèves et même susciter des vocations, alors rien que pour ça c'était un succès.

Guillaume me téléphonait régulièrement pour me donner des nouvelles des ventes qui grimpaient de semaine en semaine, à ma grande surprise. En contrepartie, Il me demandait de faire des sessions de dédicaces. Je n'ai pas pu lui dire non de peur de passer pour un ingrat, malgré mes réticences car je redoute la foule. Au début je me sentais mal à l'aise d'avoir les projecteurs de la renommée braqués sur moi mais les témoignages de mes lecteurs qui avaient été touchés par l'histoire d'Éloïse m'ont fait prendre conscience de l'impact que je j'avais en tant qu'écrivain.

- Merci de nous faire rêver ainsi Monsieur Valdo, la vie n'a pas été toujours généreuse avec moi et vous me transportez dans un autre monde, ne serait-ce que pour un petit moment, ça compte beaucoup pour moi, me dit une lectrice lors d'une séance de dédicace.

Je pensais qu'un écrivain passe une grande partie de sa vie dans la solitude. Son métier est de consigner ses pensées sur des feuilles pour qu'elles soient entendues par des inconnus et parfois ce monologue se transforme en dialogue lorsque ses lecteurs, certains solitaires comme lui, ont leur mot à dire. Cela me convenait, mais je n'avais pas prévu qu'ils seraient si bavards. J'ai dû mettre mon numéro sur liste rouge, car je recevais des appels pour savoir pourquoi Éloïse n'avait pas essayé de rester avec Kevin ou pour me faire part de leur soucis car disaient-ils, j'avais l'air de quelqu'un de bien qui pouvait comprendre la souffrance d'autrui. Cela empiétait sur mon temps d'écriture, je ne voulais pas devenir une victime de mon propre succès, ni devoir rendre des comptes à mes lecteurs.

- Ma création m'appartient, je ne veux pas que l'on me dicte ce que je dois écrire, expliquais-je à Louis.

Je n'avais pas osé lui avouer l'influence qu'avaient eue mes personnages sur l'histoire.

- Tu as raison, me répondit Louis, c'est ta liberté, mais n'oublie pas qu'elle s'arrête au moment où ton livre est imprimé et ce sont tes lecteurs qui prennent le relais. Quand ils lisent ton histoire, c'est pour la reconstruire à leur façon. Je vais te donner un exemple : tu n'as pas décrit la couleur ni la longueur des cheveux d'Éloïse parce que cela n'avait pas d'importance pour toi. Dans ta tête, tu l'imaginais peut-être brune, mais tu as donné la liberté à tes lecteurs de l'imaginer blonde ou rousse avec des cheveux frisés. Quand tu invites tes lecteurs à entrer dans ton monde, il y a une synergie entre ton imagination et la leur. Ils doivent accepter de se laisser mener là où tu l'as décidé et toi tu acceptes qu'ils apportent un peu d'eux-mêmes. C'est comme si tu les invitais à un repas mais que tu avais oublié le fromage, alors tu leur demandes d'en apporter. Certains apportent du bleu, d'autres du camembert.

- Je n'avais jamais pensé à cela, mais je pense que mon prochain livre leur donnera encore plus de liberté car il a une grande part de mystère. Je vais faire découvrir un nouveau monde à mes lecteurs et je suis aussi excité qu'un aventurier parti à la recherche d'un pays inexploré.

Quand mon roman a atteint la liste des best-sellers, je me suis demandé si mes lecteurs aimeraient autant le suivant. Mon angoisse de décevoir augmentait en même temps que les ventes et elle menaçait mon inspiration. J'ai dû faire abstraction de mes lecteurs pour rester focalisé sur mes personnages et leur histoire, et cette bulle dans laquelle je me suis enfermé m'a protégé.

La difficulté de concilier mon nouveau métier d'écrivain avec celui de professeur, m'a poussé à demander un congé sans soldes pour pouvoir me consacrer à plein temps à ma passion. J'ai été surpris de l'émotion que mon départ a suscitée, j'étais habitué à une indifférence générale. Le regard que portaient les habitants du quartier sur ce collège avait changé et les professeurs m'en étaient reconnaissants.

Quand le temps est venu pour les hommes de récolter les produits que la terre et le soleil avaient fait murir pour leur bonheur, j'ai proposé le fruit de mon labeur aux dégustateurs du comité de lecture afin que mes lecteurs puissent le savourer à leur tour.

Le succès de « L'envolée nocturne » n'a rien fait pour diminuer mon angoisse, elle est devenue une compagne toujours présente, mais je gardais mes distances avec elle pour qu'elle ne m'envahisse pas.

Ma grand-mère maternelle Carmen est à l'origine de l'histoire de mon troisième roman. Je l'adorais et j'ai passé des vacances inoubliables chez elle dans le petit village de Cassis, jusqu'à qu'elle parte l'année de mes vingt-deux ans. Mes grands-parents avaient fui l'Espagne de Franco pour s'installer à Cassis, Juan était pêcheur et Carmen vendait les poissons sur le quai. Elle avait du succès avec son bel accent et sa voix chaleureuse et autoritaire, personne ne lui résistait. Dans sa jeunesse, elle n'a jamais eu une minute de répit ; elle s'occupait de ses quatre enfants, dont mon père Salvador était le quatrième. Elle était très habile avec ses doigts. Elle cousait ou tricotait tout ce qu'elle pouvait. Quand Juan a dû arrêter la pêche, elle s'est mis à coudre des tabliers, des nappes et des foulards avec du beau tissu provençal et les touristes qui étaient de plus en plus nombreux en raffolaient.

L'héroïne a la joie de vivre, l'énergie et l'amour de Carmen, mais je lui fais vivre une vie bien différente, qui lui permet d'agir plutôt que de subir les événements. Elle prend sa revanche dans un monde où les hommes font la loi et les femmes n'ont qu'à obéir. L'histoire commence en 1968, une année où la France vivait des bouleversements qui en constituaient la toile de fond. Dans « Le combat d'Inès », la beauté et la tranquillité de son village sont menacées par un promoteur immobilier qui veut construire un énorme complexe touristique, avec l'appui du maire que tout le monde soupçonne de toucher des pots de vin. Inès, comme tous les autres habitants se sent impuissante, mais sa sœur qui est avocate à Paris la convainc de poser sa candidature à l'élection municipale, car si elle est élue, elle aura encore le temps d'agir. A sa grande surprise, elle devient la première femme maire de Cassis, mais son combat ne fait que commencer.

Je suis retourné à Cassis pour pouvoir m'imprégner des couleurs et des saveurs de la Provence. J'ai retrouvé des amies de Carmen qui se rappelaient du bon vieux temps avec beaucoup d'émotion. Tout le village savait que « le petit Valdo » était écrivain, mais je n'ai pas voulu leur dire que mon prochain roman se passera à Cassis pour leur faire la surprise. Malgré cela, certaines dames l'ont senti et elles m'ont fait comprendre qu'elles auraient aimé en faire partie.

J'ai beaucoup pensé à Carmen en l'écrivant et je me suis efforcé d'écrire un livre qu'elle aurait aimé. Quand « Le combat d'Inès » a été tourné en film, j'ai trouvé que le scénariste avait pris beaucoup de libertés avec l'histoire et Guillaume m'a aidé à lâcher prise.

- Tu es comme une maman, disait-il. Un livre c'est un peu comme un enfant, on en est fier et veut qu'il soit à son image mais ensuite il faut le laisser voler de ses propres ailes.

Le conseil de Guillaume m'a aidé à ne pas vivre dans une inquiétude permanente au sujet de mes enfants comme le fait ma mère. En laissant chacun de mes livres prendre leur envol, je pouvais mieux me consacrer à celui qui était encore en gestation.

Mon quatrième roman, « Le silence partagé » a connu un succès égal aux trois autres. Chaque livre était une nouvelle aventure où les personnages prenaient une vie qui se prolongeait à chaque fois qu'un lecteur se plongeait dans l'histoire. La source de mes idées semblait intarissable, je n'avais jamais soif.

J'étais loin de me douter que « Le silence partagé » serait peut-être mon dernier roman.

II

« Mieux vaut un bon ami que cent parents »
Proverbe sicilien

La gloire d'être un auteur à succès et l'argent que j'ai gagné ne me sont d'aucune utilité pour remplir cette page blanche. Elle me nargue alors que j'ai toujours su la remplir.

- Tu fais moins ton malin aujourd'hui, hein !

- C'est à moi que tu parles ?

- Je voulais rester vierge mais tu m'as salit avec tes mots, je ne t'avais rien demandé !

- Pourtant, tu n'existes que pour être remplie.

- C'est ce que tu crois ! Jusqu'à aujourd'hui, tu t'es servi de moi comme tu voulais, mais maintenant, c'est fini, je ne me laisse plus faire !

Mais qu'est-ce qui m'arrive ? Je parle à une page blanche sur mon écran d'ordinateur, je suis en train de devenir fou !

J'éteins l'ordinateur et je regarde autour de moi. Il y a un paquet de pages blanches près de l'imprimante, je les jette à la poubelle de peur qu'elles aussi se révoltent. Mon cœur passe à la vitesse supérieure, j'ai la tête qui tourne. J'arrive de justesse aux toilettes pour vomir le peu de nourriture que je m'étais forcé à avaler. Je me regarde dans la glace, mes yeux sont rouges. Il fait nuit et je suis seul. Je ne sais pas quoi faire, je ne peux pas rester comme ça. J'appelle Justine, elle sait ce que c'est la détresse, elle en voit tous les jours dans son métier d'assistante sociale.

- Justine, je me sens mal, j'ai peur de mourir !

- Respire lentement et profondément Pierre. Encore. Est-ce que tu as un sac en papier ?

- J'ai déjà vomis.

- Non, ce n'est pas pour ça, tu vas souffler dedans pour le remplir.

- Et après qu'est-ce que je fais, je l'éclate ?

- Ne plaisante pas, tu vas respirer dedans, c'est un truc qui permet de se calmer.

J'obéis, je sens que je suis entre bonnes mains. Petit à petit mon cœur reprend sa vitesse normale, j'arrête de transpirer.

- Est-ce que ça va aller ou tu veux que je vienne ?

- Ça va mieux maintenant, l'orage est passé. Merci, tu m'as sauvé la vie.

- Est-ce que tu as des soucis ?

J'hésite. Elle doit tellement voir de situations difficiles, elle va trouver qu'un écrivain en panne d'idées c'est de la broutille.

- Tu peux m'en parler, je ne moquerai pas de toi et je n'en parlerai à personne.

Justine a toujours eu un rôle protecteur avec moi. Ma mère nous raconte souvent que quand je suis né, elle était une vraie petite maman avec moi. Elle n'avait que quatre ans, mais elle avait déjà l'instinct maternel, à croire qu'elle était née avec. Elle me berçait et me donnait le biberon, ce qui a bien aidé ma mère qui avait une santé fragile. Ensuite elle a toujours été là pour m'encourager et me consoler. Ça doit être dur pour elle maintenant de ne pas pouvoir avoir d'enfant.

Ça me fait du bien de lui confier ce qui m'a mis dans cet état.

- Je sais à quel point ça te tiens à cœur, mais tu ne t'es pas du tout ménagé. La fatigue physique et émotionnelle a déclenché une crise d'angoisse. Tu devrais consulter quelqu'un.

- Tu crois que je suis en train de devenir fou ?

- Non, ce n'est pas ça, tu as simplement besoin que l'on t'aide à gérer ton stress et tes émotions. Promet moi d'y penser, je me fais du souci pour toi.

- D'accord ma petite maman.

D'habitude elle adore quand je l'appelle comme ça mais je sens qu'elle retient un sanglot.

- Ça ne va pas ?

- Ce n'est rien, J'aimerais tellement que ça soit mon petit enfant qui m'appelle maman.

- Pardon, je ne pensais pas que ça te ferait du mal.

- N'y pense plus, repose toi.

J'ai eu du mal à m'endormir, mais en me réveillant je me suis senti mieux. Maintenant il me faut un plan d'attaque. Je ne vais pas reculer devant mes ennemis et me laisser abattre. Je déjeune pour prendre des forces, il va m'en falloir. Je m'approche de l'ordinateur lentement comme un lion qui s'approche de sa proie avant de bondir dessus.

- A nous deux petite garce, tu vas voir ce que tu vas voir, je vais te noircir avec mes mots !

Mais j'ai présumé de mes forces. Je transpire déjà et plus je m'approche, plus mon cœur bat fort. Encore un pas et j'y suis, j'allume l'ordinateur. Il en met du temps à démarrer, chaque seconde qui passe est comme une minute. Je tremble, je suis essoufflé. Il n'y a rien à faire, je n'arrive pas à démarrer Word.

- Je n'en ai pas fini avec toi, j'ai perdu cette bataille mais pas la guerre !

Je souffle dans un sac et je respire comme Justine me l'a appris. Je prends mon petit carnet où je note mes idées, mais dès que j'arrive à la première page blanche, l'angoisse revient encore plus forte. Je ferme le carnet juste au moment où Justine appelle.

- Est-ce que ça va mieux ?

- Tant que je ne suis pas devant une page blanche, oui.

- N'essaie pas de t'en sortir tout seul, je suis sure qu'un thérapeute pourra t'aider. Je sais de quoi je parle, cela fait deux mois que Philippe et moi voyons une psychothérapeute. Elle n'a pas fait des miracles, mais elle nous aide à prendre du recul.

- Oui je crois que tu as raison, il est temps que j'appelle des renforts, je ne vais pas m'en sortir tout seul.

- Appelle Docteur Semnoz et dis-lui que tu viens de ma part.

- Merci, mais n'en parle pas à maman, je ne veux pas qu'elle se fasse du souci.

Dès que Justine raccroche, j'appelle Docteur Semnoz, mais j'ai beau expliquer à sa secrétaire l'urgence de la situation, elle ne peut pas me donner de rendez-vous avant la semaine prochaine. Ne pas secourir un écrivain qui n'arrive pas à mettre un mot devant l'autre n'est pas un cas de non-assistance à personne en danger selon elle. Tant pis, elle n'est pas la seule, je vais en trouver un autre. Après en avoir appelé une dizaine, j'en trouve enfin un qui peut me recevoir demain. En attendant, je vais à la librairie Notre-Dame pour voir Louis.

- Eh bien, tu en fais une tête, qu'est-ce qui se passe ?

Je lui raconte les évènements de la journée d'hier.

- L'angoisse de la page blanche est assez commune, mais ça a l'air beaucoup plus grave. Cela fait combien de temps que tu n'as pas écrit ?

- C'est simple, je ne suis même pas arrivé à commencer mon cinquième roman, pas une seule idée, on dirait que ma source s'est tarie.

- La créativité est une chose fragile et capricieuse, il y a des hauts et des bas. Tu vas la retrouver, ce n'est qu'une question de temps. Détends toi, ne penses pas trop à trouver des idées. Écris tout ce qui te passe par la tête, ça te redonnera confiance.

- Impossible, je ne peux ni démarrer Word, ni ouvrir un carnet.

- Essaie d'utiliser un dictaphone, il y a beaucoup d'écrivains qui s'en servent.

En sortant de la librairie, je pars à la recherche d'un dictaphone et je rentre chez moi avec hâte de prouver l'efficacité de cette alliée dans ma guerre contre la page blanche.

- Euh, voilà, il est seize heures, le Mercredi 21 Mars 2012. C'est une belle journée de printemps mais je me sens déjà épuisé. Pourtant je n'ai rien fait de productif aujourd'hui, j'en suis toujours au même point...

Je m'arrête, l'air idiot, je ne sais plus quoi dire à cette machine.

- Et merde, j'ai cru que cet engin m'aiderait mais ce n'est pas encore gagné. Je suis peut-être trop impatient.

Je concède la défaite pour aujourd'hui en pensant à Carmen; elle avait toujours une parole réconfortante, sa préférée était « À chaque jour suffit sa peine, demain est un autre jour ».

Quand j'arrive chez le psychothérapeute, je me demande si j'ai bien fais d'écouter Justine, car je me sens aussi mal que si j'étais devant une page blanche. Après une demi-heure d'attente, Docteur Ratzclank me reçoit mais quand je lui fais part de mes troubles, la réponse n'est pas celle que j'attendais.

- À quand remonte votre dernier rapport ?

- ... ?
- Est-ce que vous êtes en manque ?
- ... ?
- Oui je vois, tout ça c'est classique, vous réprimez votre énergie sexuelle ; elle remonte et prend possession de votre système sympathique. Mais si les symptômes sont classiques, l'évènement déclencheur ne l'est pas du tout. Je vais consulter mes confrères, mais il se peut que ce soit une phobie non répertoriée. Je vais avoir une maladie à mon nom, le syndrome de Ratzclank, je le vois déjà. Grâce à vous, je vais enfin connaitre la renommée... Mais où allez-vous ? Je n'ai pas fini avec vous, revenez !

Je claque la porte et dévale les escaliers à toute vitesse. Une fois dehors, je reprends mon souffle. Arrivé à la place Grenette, je m'assois à une terrasse de café. Je commande un panaché et regarde autour de moi. Une jeune femme boit un café près de ma table. Elle me rappelle quelqu'un, je suis sûr de l'avoir déjà vu, mais où ?

- Éloïse !
- C'est à moi que tu parles ?
- Éloïse, cela faisait tellement longtemps que je ne t'avais pas vu !
- Tu dois me confondre avec quelqu'un d'autre.
- Oui, pardon, mais tu me rappelles Éloïse, c'est l'héroïne de mon premier roman.
- Tu es écrivain ?
- Normalement oui, mais je suis en panne.
- Alors un écrivain en panne qui me prend pour l'héroïne de son premier roman, ça on ne me l'avait jamais encore fait, bravo !
- Tu dois me trouver ridicule.
- Non, enfin si, mais c'est tellement original. Viens t'assoir à ma table, moi c'est Marion.
- Merci, moi c'est Pierre. Tu as vraiment les mêmes yeux et les mêmes lèvres qu'Éloïse.
- Mais moi je suis réelle, alors attention, je peux mordre !

Nous éclatons tous les deux de rire.

- Á part ça, comment est-elle, que fait-elle dans ton histoire ?

Je lui raconte « Les armes du bonheur » et je sens que ça lui plait.

- J'ai rendez-vous avec des copines en boite ce soir, si tu n'as rien de prévu viens avec nous.

Je repense à ce que m'a dit le psychiatre, mais je n'ai pas envie de tester sa théorie. J'ai passé un moment agréable avec Marion, mais je n'ai pas envie d'aller plus loin. Je ne suis pas désespéré à ce point, je vais me débrouiller autrement pour retrouver mon inspiration.

- Désolé, je suis déjà pris, je vais au cinéma avec ma fiancée.

Elle a l'air déçue, mais je suis sûr qu'elle trouvera un autre garçon avec qui s'amuser ce soir. Tant pis pour elle, elle n'aura pas d'écrivain à son tableau de chasse.

- Qu'est-ce que tu es allé faire avec cette pétasse, Pierre ?
Cette fois c'est la vraie.

- Éloïse, ça faisait des années que je ne t'avais pas vu !

- Je te manquais tellement que tu as sauté sur la première venue qui me ressemble vaguement, bravo !

- Est-ce que tu es en train de me faire une crise de jalousie ?

- Je croyais vraiment que tu étais quelqu'un de bien, je suis déçue !

- Mais il ne s'est rien passé avec elle, nous avons juste discuté.

À l'époque où j'écrivais, mes personnages m'ont souvent aidé à rédiger leur histoire, mais cette fois c'est différent c'est le néant, il n'y a ni histoire, ni personnage. Je vais quand même tenter le coup.

- Est-ce que tu ne pourrais pas m'aider à me sortir de ma panne d'idées ?

- Et puis quoi encore, je ne vais pas écrire à ta place !

- Ingrate, j'ai toujours changé mes histoires comme tu me je demandais.

- C'est plutôt toi qui es ingrat, sans moi, ton livre n'aurait pas eu autant de succès.

- D'accord, tu as raison, encore une fois. Merci, c'est grâce à toi que j'ai vendu autant de livres. Ton histoire a beaucoup plu, tu ne peux pas savoir comme mes lecteurs ont été touchés.

- Au contraire, à chaque fois que quelqu'un lit « Les armes du bonheur », mon histoire prend vie dans leur esprit. Mes émotions deviennent les leurs et je ressens ce qu'ils ressentent. Hier, c'est une veuve qui a fini le livre. Elle n'a pas vraiment vécue, elle était enfermée dans une vie bourgeoise, son mari était autoritaire et l'étouffait. Elle ne se permettait rien et n'a que des regrets. Elle s'est transportée dans mon histoire, elle a vécu ce que j'ai vécu. Pendant quelques heures elle était Éloïse et se battait pour son bonheur avec toutes les armes qu'elle n'avait jamais osé utiliser. Donc je sais encore mieux que toi quel effet mon livre a sur ses lecteurs.

- Et si je continuais ton histoire ?

- Pas question, j'ai beaucoup galéré et j'ai enfin trouvé le bonheur, point barre.

- Qu'est-ce que je peux écrire alors ?

- Je ne sais pas moi, tu ne trouves pas que tu as assez écris ?

- Tu m'avais déjà dit ça quand j'avais commencé « L'envolée nocturne » parce que tu étais jalouse que je passe à une autre histoire que la tienne ! Tu ne comprends pas que l'écriture c'est ma vie, sans elle je ne suis plus rien.

- Tu devrais plutôt penser à trouver un autre amour, un vrai, une âme sœur avec qui tu peux partager tes joies et tes peines.

- On dirait ma mère quand tu dis ça.

- Tu as de la chance d'avoir une mère qui t'aime ; j'aurais bien aimé en avoir une, mais non, tu as préféré que je sois abandonnée par la mienne. Et j'ai dû te supplier pour que tu me laisses la retrouver.

- Je voulais t'épargner une déception.

- J'en avais besoin pour construire mon identité, tu le sais bien.

- D'accord, mais après, tu as bien trouvé ton bonheur avec Alexandre. C'était ça le plus important.

- Oui, mais c'est quand même dommage qu'il y n'y ait pas autant d'amour dans ta vie que dans tes histoires.

Éloïse ne m'a pas du tout aidé, je crois que je ferais mieux de m'adresser à quelqu'un en chair et en os. Je vais voir Louis dès l'ouverture de sa librairie.

- Tu as besoin de te mettre en jachère, me dit-il après avoir pris de mes nouvelles.

- ... ?

- Tu sais ce que c'est la jachère ?

- Oui, c'est quand on abandonne la culture d'une terre pendant un an, pour la laisser se reposer. Mais quel est le rapport ?

- Le mot créativité vient du Latin creo, qui veut dire produire, faire pousser, mettre au monde. La créativité a besoin d'une bonne terre, ce que tu as. Tu es ouvert d'esprit et tu vois le monde d'une manière différente, ce qui te permet d'être créatif. Jusqu'à présent ça t'a été facile, les idées arrivaient sans que tu saches d'où elles venaient. En les intégrant dans ton esprit, elles germaient à travers tes histoires et tu partageais les fruits avec tes lecteurs.

- J'étais un jardinier des mots.

- Oui, mais maintenant cette terre qui a donné une récolte abondante a besoin de se régénérer. Une terre arable contient des nutriments dont la teneur s'appauvrit au fil des récoltes. En la laissant se reposer, tu lui permets de reconstituer ses réserves.

- On ne peut pas l'aider en lui apportant de l'engrais ?

- Non, pas de produits chimiques, tes fruits n'auraient pas la même saveur ; c'est la saveur des mots qui fait un bon livre.

- Alors je dois m'arrêter d'écrire pendant combien de temps ?

- Le temps qu'il faudra, qui sait, un an ou peut-être moins.

- Je suis en manque, je me sens comme un drogué qui n'a pas sa dose.

- Tu n'es pas obligé de te mettre entièrement en jachère. Il y a d'autres terreaux en toi qui pourraient donner d'autres fruits si tu les développais.

- Comme quoi ?

- La peinture, la photographie ou même la cuisine, c'est à toi de trouver ce qui te convient.

- Et tu crois que de faire des images ou des petits plats fera revenir les mots ?

- Au risque de paraitre banal, je dirais qu'une image vaut mille mots, mais pour ce qui est des petits plats, ça je ne peux pas l'affirmer. Écoutes, ça vaut le coup d'essayer, tu ne crois pas, qu'est-ce que tu as à perdre ?

- C'est vrai, au point où j'en suis…

- Commence par la peinture. J'ai hâte de voir le résultat, je suis sûr que tu vas faire quelque chose d'original.

Je ne suis vraiment pas convaincu, mais je me laisse guider par Louis qui m'a toujours donné de bons conseils. En même temps, je suis assez impatient, si cela peut m'aider à vaincre cette maudite page blanche, alors je suis partant.

J'achète un chevalet, une toile, des pinceaux et de la peinture sans avoir la moindre idée de ce que je vais pouvoir peindre. Je vais improviser, on verra bien. Arrivé chez moi, j'installe mon matériel dans le salon, je ferme les yeux pour essayer de visualiser quelque chose que je pourrais peindre mais rien ne viens. J'ouvre les yeux et cette grande toile vierge me nargue.

- Deux zéro ! J'ai gagné encore une manche, Pierre. Non, ce n'est pas comme ça que tu m'auras. Je suis bien trop forte.

- Non, je n'ai pas dit mon dernier mot !

- Si, n'insiste pas, arrête les dégâts. Capitule, tu es vaincu,

Encore une fois j'ai présumé de mes forces. En sortant pour me changer les idées je croise Vincent, le professeur d'arts plastiques de mon collège.

- Salut Pierre, comment ça va depuis tout ce temps ? Tu as beaucoup d'admirateurs au collège. À chaque fois qu'un de tes livres sort, tout le monde en parle. Le collège a une certaine renommée maintenant. Il y a beaucoup de parents qui demandent que leur enfant soit dans la classe de l'écrivain, alors quand on leur dit que tu n'y enseignes plus, ça fait des déçus. Est-ce que tu as cinq minutes pour boire un pot ?

Quand Vincent me laisse enfin parler, je lui dis que pour augmenter ma capacité créatrice je me lance dans la peinture, mais je n'ose pas lui avouer que je viens de me disputer avec une toile blanche.

- Pour stimuler l'inspiration, rien de tel que le musée. Dès qu'il y a une nouvelle exposition, j'y emmène mes élèves.

- Qu'est-ce qu'il y a en ce moment ?

- Une exposition sur les suprématistes.

- Les suprématistes ? On dirait une secte !

- Ils s'inspirent des théories géométriques de la quatrième dimension. Ils pensent que l'espace est conçu de plusieurs couches de dimensions au travers desquelles les formes évoluent. Le sujet d'une œuvre suprématiste est la capture d'un moment de l'évolution des formes dans les dimensions. Donc pour la comprendre, il faut visualiser les formes avec leurs multiples positions au travers des dimensions.

- ... ?

- Si tu veux, les suprématistes nous donnent la liberté d'interpréter leurs compositions. C'est même plus qu'une liberté, je dirais que c'est une responsabilité. Le spectateur a un devoir envers le créateur et ils deviennent partenaires pour faire vivre ensemble sa création.

- Ça a l'air compliqué.

- Crois-moi, ça vaut le coup d'y aller même si tu n'aimes pas. Le principal, c'est de former une opinion, de ne pas être indifférent. Tu es sur un chemin créatif où tout peut arriver, laisse toi être surpris.

Je n'ai jamais vraiment aimé l'art contemporain, alors je vais à cette exposition par curiosité en me demandant ce que cela va m'apporter. Vincent avait raison quand il m'a parlé de surprise. Il y a un tableau tout en blanc de Kasimir Malevitch, intitulé le Carré blanc sur fond blanc, qui me fait éclater de rire. On me regarde avec des gros yeux, mais ça ne me fait rien. Cela faisait longtemps que je n'avais pas autant ri. Je me calme et le regarde de plus près pour voir s'il y a un quelque chose qui m'a échappé. En effet, le fond et le carré sont de deux teintes de blanc légèrement différentes. C'est la preuve que les artistes peuvent se permettre n'importe quoi. Si je faisais un livre avec que des pages blanches en demandant au lecteur d'imaginer lui-même l'histoire, je ne crois pas que ça marcherait. Mais cela a peut-être déjà été fait, qui sait ? Le reste de l'exposition n'est pas mieux, des tableaux monochromes où avec de simples formes géométriques. Un enfant de classe maternelle en aurait fait autant. Cela m'a bien amusé, mais mon problème n'est pas résolu pour autant. Je ne sais pas si je suis sur le bon chemin pour reconquérir ma créativité mais je n'ai rien à perdre. Je visite le reste du musée où je trouve des tableaux plus à mon goût. Je m'assois devant un tableau de Monet « Le coin de l'étang à Giverny » et je me transporte dans le monde de couleurs et de douceur qu'il a peint, comme dans un rêve.

- Bienvenue dans mon jardin jeune homme, dit un vieil homme coiffé d'un chapeau de paille.

- Félicitations, votre jardin est magnifique.

- C'est ma passion et ma fierté, il me rend heureux et j'aime le peindre, je ne m'en lasse jamais. Malheureusement, ce bonheur m'est compté.

- Pourquoi vous dites ça, devez-vous le quitter ?

- Non, ma vue se détériore, un jour je ne pourrai plus le voir. Mais vous savez, j'aime mieux jouir de ma mauvaise vue, renoncer à le peindre s'il faut, mais au moins voir un peu ce que j'aime. C'est ça le plus important.

J'ouvre mes yeux et je pense à ce que Monet m'a dit. Cela me touche, il a une telle passion pour son jardin, pour la lumière et les couleurs et il en profite jusqu'au dernier moment. Je me sens comme un peintre qui est devenu aveugle, je ne peux plus faire ce que j'aime. J'envie sa sérénité et je me demande comment j'aurais réagi quand j'écrivais « Le silence partagé » si j'avais su que c'était mon dernier roman. L'aurais-je écris différemment ? Je pense que oui, sans savoir exactement comment il aurait été, et je pense aussi que je l'aurais mieux accepté cette idée. Quand on est prévenu, on a plus de temps pour s'y faire. L'homme aime savoir à l'avance ce qui va lui arriver, c'est pour ça qu'il y a autant de voyantes, même si elles ne font que de dire ce que ses clients ont envie d'entendre. Les enfants qui ont une maladie terminale ont souvent une rage de vivre, ils ont envie de faire plein de choses avant leur dernier jour. Ils sont plus vivants que moi, je me sens mort. Si je pouvais vivre comme si aujourd'hui était mon dernier jour, mes problèmes me sembleraient insignifiants. Mais je ne souhaite pas être dans ce cas, il doit y avoir des meilleurs moyens de relativiser ses problèmes.

Chacun dans mon entourage a son propre conseil à me donner, Je me sens comme un malade qui reçoit un avis différent à chaque fois qu'il va d'un médecin à un autre.

- Cela fait six ans que tu fais évader tes lecteurs dans ton univers, tu as besoin d'évasion toi-même maintenant, me suggère Guillaume.

- Ce n'est pas ça qui me manque, dernièrement je me suis plongé dans la trilogie du monde oublié et j'y serais bien resté.

- Non, je te parle d'une vraie évasion, de faire quelque chose que tu n'as jamais fait, ou d'aller là où tu n'es jamais allé. Un peu d'aventure stimulera ton imagination. Vas explorer la jungle amazonienne par exemple.

- Doucement, je ne suis pas Nicolas Hulot !

- Je plaisante Pierre, je suis sûr que tu trouveras une aventure à ta mesure.

- Oui mais avec le succès que j'ai connu, j'ai l'impression d'avoir été embarqué dans une histoire que je n'ai pas su maitriser et d'avoir été dépassé par les évènements.

- Non, ce n'est pas vrai, tu as réussi à rester sur ton chemin, tu as beaucoup d'intégrité et le succès ne t'est pas monté à la tête. Cela fait plaisir à voir car ce n'est pas toujours le cas des écrivains qui ont un succès comme le tien.

- Malgré ça, mon chemin m'a mené dans une impasse.

- Crois-moi, ce n'est pas si grave que ça en a l'air. Réfléchis quand même à cette idée d'aventure.

- D'accord Guillaume, et merci pour ton soutien, lui répondis-je sans avoir la moindre intention de le faire.

L'aventure est synonyme de risque et d'inconnu, mais pour moi il n'y en a eu que dans mes livres. Dans ma vie, j'ai mes repères et je n'en sors pas, je sais qu'il ne peut rien m'arriver de grave. En montagne, je ne sors jamais des sentiers balisés et je ne fais jamais de hors-piste. Quand tout est cadré et prévu à l'avance, il ne peut pas y avoir d'aventure.

Il y a un mois, un nouveau   voisin a emménagé dans l'appartement du dessous et depuis j'ai droit aux chansons de Johnny tous les soirs. Je n'aime pas faire des histoires alors je n'ai rien dit. Je ne l'avais jamais encore vu, jusqu'au jour où je le croise en allant chercher mon courrier. Avec sa veste en cuir et ses lunettes noires, il n'y a pas de doute, c'est lui.

- Cela faisait un moment que je voulais faire votre connaissance, je trouve que c'est important de connaitre ses voisins. Je suis arrivé de Lyon il y a un mois et je ne connais que mon frère à Grenoble. Je travaille pour lui à la concession Peugeot près des trois tours. Vous avez le temps de boire un p'tit apéro ?

- Bien sûr, répondis-je, n'osant pas refuser son invitation.

Son appartement ressemble à un musée de Johnny, il n'y a pas un centimètre carré qui n'est pas couvert de Johnny : posters, habits, tasses, guitares, disques, coussins.... Tout est Johnny. Ça doit valoir une fortune tout ça.

- Je vois que ma petite   collection vous intéresse, vous aimez Johnny ?

- Oui, oui.

Encore une fois je n'ose pas dire non mais je sens que je vais le regretter.

- Regardez cette photo, j'ai eu la chance extraordinaire d'aller dans sa loge lorsqu'il est venu à Lyon. Il m'a promis qu'il viendrait me rendre visite lors de sa prochaine tournée alors je lui ai envoyé mon adresse ici. Si vous voulez le voir je vous préviendrez lorsqu'il viendra.

- Oui, pourquoi pas ?

- Asseyez-vous et prenez un verre, je vais vous faire une chanson de Johnny, choisissez en une, n'importe laquelle.

- Quelque chose de Tennessee, ça vous va ?

- Très bon choix, je vois que vous êtes un connaisseur.

Oui c'est vrai, depuis qu'il a emménagé je suis devenu un connaisseur malgré moi alors j'ai choisi la chanson qui me déplait le moins. Il prend sa guitare et entreprend de la massacrer, heureusement que Johnny n'est pas là.

- Très bien, bravo !

Ma mère m'a toujours dit qu'il ne fallait pas mentir, chose difficile avec toute l'imagination que j'ai, mais je préfère le laisser dans ses illusions pour ne pas lui faire de la peine.

- Je commence à avoir un bon répertoire, je pourrais bientôt monter un spectacle Johnny. Vous en voulez une autre ?

- Peut-être une autre fois, je dois y aller maintenant, j'ai un rendez-vous. Ravi d'avoir fait votre connaissance.

- Moi aussi, il faudra que l'on remette ça. Dites, votre nom me dit quelque chose mais je n'arrive pas à me rappeler où je l'ai vu.

Je n'ose pas lui dire que je suis écrivain, ou devrais-je dire ex-écrivain ? Les seuls livres qu'il a sont des livres sur Johnny, je doute qu'il ait vu les miens. À moins qu'il y ait d'autres Pierre Valdo qui vivent dans un univers parallèle, où Dieu porte des lunettes noires et se demande qu'est-ce qu'a sa gueule.

Je fais le bilan de ces quelques jours et je repense au psy, à Marion, Éloïse, ma toile blanche, Monet et au chemin que j'ai suivi jusqu'à aujourd'hui. J'ai eu de la chance de pouvoir faire ce que j'aime sans compter. Si j'aimais le chocolat autant que l'écriture, je serais peut- être obèse à l'heure qu'il est. Elle a été comme une drogue, mais j'ai toujours cru qu'elle n'avait pas d'effet secondaire, que je pouvais en consommer autant que je voulais sans conséquences. Maintenant je passe à la caisse pour payer la note et elle est lourde. Quand je pense à cette crise d'angoisse, je ne souhaite à personne de vivre ça. Maintenant que puis-je faire d'autre ? J'ai toujours senti une envie irrésistible d'écrire, ou plutôt un besoin vital. Je ne sais pas pourquoi, et je ne me le suis jamais demandé. Cela n'avait pas d'importance, c'était un besoin que je pouvais assouvir, j'avais des idées, de quoi écrire et ma main faisait le reste. Mon chemin était tout tracé, je récoltais des idées pour les transformer en histoires avec des personnages que je faisais vivre et qui m'aidaient quand il le fallait. C'est la première fois que je me prends conscience de ma bonne fortune. Il suffit de manquer de quelque chose pour l'apprécier à sa juste valeur.

Si j'étais dans le désert, l'eau aurait une valeur mille fois plus grande que dans mon appartement où il me suffit de tourner un robinet pour en avoir. Je ne peux pas accepter l'idée que je suis mort en tant qu'écrivain. Il me reste encore l'espoir qu'au milieu du désert que je suis en train de traverser, il y a une source qui va me sauver et je vais pouvoir reprendre ma vie d'avant. C'est à moi de la trouver, mon entourage ne peut pas le faire à ma place. Tout le monde me donne des bons conseils et je me sens comme dans un jeu de piste où un indice me mène à un autre. Cela me fait passer le temps, c'est toujours ça de gagné. Je finirai bien par la retrouver, cette inspiration qui m'a abandonné si brusquement.

Je rentre dans un hall de gare très étrange car il n'y a personne ; quelques trains attendent sur les quais, ils sont tous blancs, je n'en avais jamais vu comme ça. Je me demande ce que je viens faire ici et je regarde autour de moi. Une pancarte attire mon attention : il y est écrit « Objets trouvés » avec une flèche. Je m'y dirige et le bruit de mes pas fait écho. Je vais peut-être enfin trouver ce que je cherche, on ne sait jamais. La personne au guichet est vêtue de blanc, elle est en train de lire « Les armes du bonheur ».

- Excusez-moi, aurait vous trouvé ma créativité ? Je l'ai perdue et je la cherche partout.

Elle lève la tête et me regarde. Son visage est aussi blanc et aussi plat qu'une feuille de papier. J'entends un rire sinistre et une annonce sur les haut-parleurs avec la voix de la SNCF « Page blanche trois, Pierre Valdo zéro ».

Je repars en courant et soudain des dizaines, voire des centaines de pages blanches sortent des trains et me courent après. Je sors de la gare, un bus attend, c'est la ligne 27, destination « Aventure ». Je rentre dans le bus en criant « Quand-est-ce que vous partez ? ». Le chauffeur de bus est Nicolas Hulot, il me sourit et me dit « Salut Pierre, accroche toi bien, tu voulais de l'aventure, tu vas être servi ». Je n'ai pas le choix, les pages blanches vont me rattraper.

J'accroche ma ceinture et soudain le bus s'envole et survole la ville.

Je me réveille en tremblant ; il est six heures du matin, ce n'est pas la peine d'essayer de me rendormir, j'ai rendez-vous dans une heure avec Jean-Claude pour faire une randonnée. J'avais prévu ça en me disant que l'air Alpin pourrait raviver ma créativité comme il l'avait fait de nombreuses fois. Je lui avais dit de prévoir quelque chose de facile alors je ne veux pas y renoncer, d'autant plus que cela fait longtemps que je ne l'ai pas vu. Je prends une douche bien chaude pour me remettre de mes émotions et je mange un bon petit déjeuner en essayant d'oublier ce rêve stupide.

Au bout d'une heure et demie de marche douce dans la forêt, Jean-Claude et moi arrivons à un plateau. Nous marchons jusqu'au bord où une vue magnifique nous attend : c'est une mer de nuages blancs à perte de vue. Cela parait irréel, on dirait du coton et cela donne envie de plonger dedans. Soudain le rêve de la nuit dernière me revient en tête et la vue de tout ce blanc me donne la nausée. Je recule et je m'assois sur un rocher.

Jean-Claude me propose du génépi pour me remonter, un sucre trempé dedans, c'est son remède miracle. Je lui raconte ma crise d'angoisse et tout ce que j'ai essayé pour retrouver ma créativité.

- Tu as besoin de vacances. Un peu de farniente et de dolce vita, voilà ce qu'il te faut ! Pourquoi ne viendrais-tu pas avec Annie et moi en Sicile ? Toute la famille sera là pour fêter Pâques, mais le reste du temps ça sera tranquille. On peut aller pêcher ou se baigner, je suis sûr que ça te fera du bien.

Dans d'autres circonstances j'aurai eu plus de mal à sortir de mon cadre familier, mais cette fois il ne m'en a pas fallu beaucoup pour me convaincre. Je ne sais pas si ma créativité m'attend en Sicile, j'hésite même à prendre un carnet mais on ne sait jamais. C'est un peu une aventure pour moi, c'est la première fois que je sors du territoire français.

Le jour du départ, Jean-Claude et sa petite amie Annie viennent me chercher. Dans la voiture, elle me dit qu'elle n'a pas mis beaucoup de temps pour se faire accepter par toute la famille, ce qu'elle a trouvé le plus dur c'était de se rappeler de tous les prénoms et d'apprendre le sicilien.

Nous prenons l'avion jusqu'à Catane et Angelo, le cousin de Jean-Claude, vient nous chercher à l'aéroport. Nous mettons deux heures pour arriver à la maison familiale près de Biancavilla, à cause des embouteillages provoqués par l'afflux de visiteurs pour les fêtes de Pâques. Je suis accueilli par la Nonna (grand-mère) de Jean-Claude et je fais connaissance avec tous ses oncles, tantes, cousins et cousines dont il me parle souvent. La maison est immense et Nonna me fait visiter le domaine avant le diner, accompagnée d'Annie qui fait la traduction.

- Je suis très heureuse que vous soyez venu, Jean-Claude m'a beaucoup parlé de vous. Regardez ces oliviers, ici on fait la meilleure huile d'olive de toute la Sicile, c'est Enzo qui s'en occupe. Là-bas, ce sont les vignes de mon Calogero, il est un vrai magicien. Il transforme les raisins en un vin si bon, vous m'en direz des nouvelles.

Annie a du mal à suivre tellement qu'elle parle vite, elle n'arrête pas de vanter tous les produits de sa terre et ses enfants et petits-enfants. Elle en a une fierté sans limites qu'elle veut partager avec tout le monde, elle est très convaincante. La vue depuis l'oliveraie est magnifique, on voit l'Etna recouvert de neige, il me rappelle les montagnes grenobloises. Il a l'air pur et innocent tout en blanc, on oublie facilement que c'est un volcan avec une puissance destructrice. La légende dit que c'est là où Vulcain avait sa forge et que c'était la demeure des cyclopes. Eole avait emprisonné la fureur des vents à l'intérieur des nombreuses cavernes du volcan. Pas un lieu de tout repos. Nonna fait un

signe de croix en direction de l'Etna et baisse la tête avant de
se tourner vers Annie.

- J'espère que vous vous occupez bien de mon Jean-
Claude, c'est un gentil petit garçon. Il faudra bientôt penser
au mariage et aux enfants. Ne vivez pas plus longtemps dans
le péché qu'il ne faut. Mais vous devez avoir faim, venez donc
manger, je vous ai préparé quelques spécialités siciliennes.

Maintenant je vois d'où Jean-Claude tient ses talents
culinaires, Nonna a préparé une succession de plats aussi
bons les uns que les autres, antipasti, pates et poissons, le
tout arrosé du vin maison aussi bon qu'elle l'avait dit. Pour
finir le repas, de la gelato comme je n'en ai jamais mangé,
une pure merveille. Voyant à quel point j'apprécie sa cuisine,
Nonna est aux anges.

- Vous savez que la gelato a été inventée en Sicile ? Les
romains en fabriquaient avec de la neige du mont Etna, à
l'époque elle était parfumée avec du miel. C'est le cadeau que
la Sicile a fait au monde entier. Á chaque fois que quelqu'un
dans le monde mange de la gelato, c'est la Sicile qui lui
donne du bonheur.

L'ambiance, le repas et l'Amaretto m'ont mis dans un état
euphorique et même si je ne peux pas participer aux
conversations en sicilien, je me sens comme un membre de
cette grande et chaleureuse famille.

Le lendemain, Jean-Claude et moi partons à la pêche
dans une petite barque. Je n'avais jamais vu la pêche comme
un loisir, c'était le gagne-pain de mes grands-parents. Ils
aimaient ce travail et la liberté que cela leur procurait. « Notre
patron, c'est le bon Dieu, je lui adresse une prière pour la
protection de ton grand-père à chaque fois qu'il part en mer.
Nous n'avons pas à obéir aux hommes, seule la loi divine
compte pour nous. Le bon Dieu fait la pluie et le beau temps
et il amène les poissons dans nos filets. La pêche sera bonne
que s'Il le veut, c'est ainsi » disait Carmen. Si je croyais en
Lui, je dirais qu'Il nous a souri car la pêche est très bonne,

Jean-Claude se lèche déjà les babines en pensant au bon couscous aux poissons que nous allons manger ce soir. La journée passe vite à ne rien faire sinon attendre que le poisson morde, Jean-Claude qui est d'habitude si bavard est dans une humeur contemplative.   Rien ne vient troubler la tranquillité qui règne sur cette barque immobile sur la mer plate comme un miroir, si ce n'est quelques mouettes attirées par les écailles des poissons qui brillent comme des pierres précieuses. Si elles le pouvaient, elles nous feraient tomber dans l'eau pour pouvoir s'emparer de notre butin, ce sont de vrais pirates. Je les imagine avec un chapeau noir, une patte en bois et un bandeau sur l'œil droit et cela me fait rire. Je partage cette image avec Jean-Claude.

- J'étais sûr que l'air Sicilien te ferait du bien. Tu vois, ton imagination revient.

- Oui, mais je ne pense pas que je pourrais en faire un livre.

- Pourquoi pas une BD ? Les aventures de Bec Noir, la terreur des Caraïbes. Après, tu vends l'idée à Hollywood, je vois déjà Johnny Depp dans le rôle du capitaine anglais qui la traque à travers les océans pour se venger de sa bien-aimée qui a péri lors d'une attaque de Bec Noir.

- Il n'y a pas que moi qui ai de l'imagination, dis-je en riant.

- C'est le soleil qui nous tape sur la tête. Je pense déjà à la gelato au citron que Nonna a faite hier, je me régale d'avance.

- Qu'est-ce qu'on attend alors ? Allons-y !

- Ce n'est pas encore l'heure de la gelato ; Nonna dit toujours que dans la vie il ne faut rien précipiter, sinon tu précipiterais l'heure de ta mort.

- Elle croit que l'heure de notre mort est prédéterminée ?

- Oui mais c'est quelque chose que seul le bon Dieu sait.

- Et toi, tu le crois vraiment ?

- J'ai grandi avec ces croyances et je ne me suis pas posé de questions.

Contrairement à Jean-Claude, ma foi n'a pas été assez forte pour résister à mes interrogations. Comment Dieu peut-il exister s'il laisse faire le mal sur la terre ? Je préfère ne pas croire en Lui, plutôt que d'accepter qu'Il éprouve un malin plaisir à voir souffrir ses créatures. Quant à son église, combien d'atrocités a-t-elle commise en son nom durant son histoire ? Les croisades, l'inquisition, les guerres de religion, et maintenant toutes les histoires d'abus sexuels que l'on découvre chaque semaine. Je ne peux pas croire en un dieu qui n'est rien qu'un prétexte pour que l'homme assouvisse son désir de pouvoir. Je suis en colère contre l'Église, mais je le garde pour moi, je n'ai pas envie de me fâcher avec Jean-Claude ou sa famille.

Jean-Claude ne m'avait pas prévenu qu'au programme de notre séjour il y aurait autant de festivités religieuses, car pour lui tout cela est normal. Je cache mes sentiments à ce sujet en me disant que cela pourrait toujours m'inspirer de nouvelles idées. Cela commence par le défilé du Vendredi saint à Biancavilla. La ville entière est là, ainsi que des centaines de touristes. Il est difficile de ne pas être touché par la ferveur qui s'est emparée de la foule, c'est solennel et joyeux en même temps. Des statues représentant Jésus, Marie et les saints sont portées par des habitants de la ville, honorés d'un tel privilège. La sélection des porteurs se pratique d'une façon pas très catholique, selon Jean-Claude. Chaque famille essaie de soudoyer les membres du comité de sélection. Dès la Carême, ils sont sollicités par toutes les familles de la ville et forcément il y a des préférences qui donnent lieu à des jalousies et des disputes. Arrivé la semaine sainte, tout est oublié, du moins en apparence. Cette année, Angelo est un des quatre hommes portant la statue de Sainte Agathe, protectrice de Catane. Selon la légende, quand l'Etna est entré en éruption, déversant un flot de lave en direction de la ville, les habitants se sont emparés du voile recouvrant la sépulture d'Agathe et la placèrent devant le feu qui s'arrêta, épargnant ainsi la ville. Depuis, elle est vénérée par toutes les villes au pied de l'Etna. Entre les statues, il y a des énormes plateaux avec des bougies ou des fruits et légumes. Les coutumes païennes et les traditions religieuses se sont mélangées avec harmonie et c'est ainsi que l'église romaine a conquis le cœur des Italiens.

L'odeur des sfinciones qui sont en train de cuire me met l'eau à la bouche. Ce sont des pizzas épaisses que l'on mange à partir du Vendredi saint. Je commence à croire Nonna quand elle dit que la cuisine Sicilienne est la meilleure de l'Italie, je me régale tous les jours.

Nous nous couchons tôt ce soir-là, le lendemain sera consacré à la préparation du repas de Pâques, a l'exception de l'agneau qui sera rôti le jour même. Un grondement nous réveille dans la nuit. Je sors de ma chambre pour voir ce qui se passe et je croise Jean-Claude.

- Si tu veux voir un beau feu d'artifice, va dehors.
- On ne risque rien ?
- On a l'habitude, répond Jean-Claude, cela arrive plusieurs fois dans l'année, rien de bien méchant
- C'est Nonna qui pleure ?
- Oui, mon oncle Léonardo est mort il y a cinq ans ; il faisait des excursions guidées aux cratères et il a été surpris par une éruption. Les deux touristes avec qui il était ont péri également. Nonna ne s'est jamais remise de cette perte et chaque éruption ravive sa douleur. Enzo et Calogero sont allés la consoler.

Les éjections incandescentes allument le ciel, je suis fasciné par ce spectacle et par le manque d'affolement qu'il suscite. Quand on habite avec un voisin tel que l'Etna, on s'habitue à ses sautes d'humeur, comme je me suis habitué à entendre les chansons de Johnny. Il crache sa colère comme un petit enfant à qui on a volé sa gelato. Il fait beaucoup de bruit pour se faire remarquer et on sait que si on garde ses distances on est en sécurité. Les intrépides qui veulent le voir de plus près prennent des risques. Ils défient la mort et la plupart s'en sortent bien. Ils prennent leur dose d'émotions fortes et ils rentrent chez eux avec quelques photos en souvenir. C'est une loterie et ceux qui n'ont pas de chance doivent payer le prix fort. Seulement ce ne sont pas qu'eux qui payent, c'est aussi leur famille et leurs amis qui doivent vivre le reste de leur vie avec un trou aussi grand qu'un cratère. Le jour où Etna fera un plus gros caprice, ce sont des centaines de milliers d'habitants qui seront en danger, tels les habitants de Pompéi qui n'ont pas eu le temps de s'enfuir. Vivre ailleurs serait impensable, car l'Etna leur donne un sol fertile qui fait leur richesse. Ce géant donne la vie et la mort, comme tous les autres éléments. Car l'homme ne maitrise pas plus l'eau ou le vent, il s'en sert dans sa vie quotidienne mais le jour où les éléments se révoltent, ce sont eux les plus forts.

La messe de Pâques se passe dans une église pleine à craquer ; j'évite autant que je peux d'aller à l'église mais je ne voulais pas faire affront à toute la famille. C'est le jour le plus important pour les chrétiens et il est chargé d'émotions. Pour eux, c'est le triomphe sur la mort et l'injustice, un innocent condamné injustement est revenu à la vie et avec lui ils ont l'espérance de la vie éternelle. Je ne partage pas leur espérance, mais pour moi, c'est la fête du printemps et du renouveau.

Nonna a retrouvé son sourire, hier elle n'a pas eu le temps de penser à autre chose que le repas de Pâques, aidée de sa fille, ses belles filles et petites-filles.

Après la messe nous allons à Adrano, une ville voisine, où a lieu un spectacle sur la Piazza Centrale, la Diavolata. Il y a une estrade divisée en deux parties, Jean-Claude m'explique que ce sont l'enfer et le paradis, ce que j'avais deviné en voyant les décors. Le diable arrive accompagné de cinq démons, sous les huées de la foule ; après la danse des démons arrive un ange qui est accueilli par un tonnerre d'applaudissements. Sa mission est de faire dire « Avé Maria » aux représentants du mal. Le dénouement est prévisible, après une lutte acharnée les six malins capitulent et leur cri est repris par toute la foule qui hurle de joie. La ferveur est telle que si la vierge elle-même apparaissait, personne n'en serait étonné. Leur joie est contagieuse et j'y prends part, même si je ne partage pas leur croyance. Le mal est partout et la lutte entre le bien et le mal est présente dans toutes les histoires que l'homme a écrites depuis qu'il marche sur terre. Quand je me sens impuissant face à la souffrance du monde et que la vie me semble dépourvue de sens, je n'ai pas besoin de religion, je refais le monde à ma façon dans mes livres et je donne mon propre sens à la vie. La différence avec la religion, c'est que je ne brûle pas au bûcher ceux qui ne lisent pas mes livres, il n'y aurait pas assez de bois sur la terre.

À mon dernier jour en Sicile, je me réveille juste avant l'aube, tout le monde dort dans la maison. Je me sens anxieux sans savoir pourquoi et je n'arrive pas à me rendormir. Je m'habille et je marche en direction de l'Etna. Les champs du domaine sont bordés au Nord par une forêt de hêtres ou je me dirige, attiré irrésistiblement. Je m'enfonce dans la forêt, tout en pensant à mon séjour ici, à la mort que les voisins de l'Etna côtoient tous les jours. C'est peut-être de penser à la mort qui me rend anxieux. Mais je suis jeune et en bonne santé, alors d'où vient cette angoisse ? Ma panne d'idées est-elle un présage qui annonce ma mort imminente ? Dans mes histoires j'ai traité la mort à la légère, je l'ai utilisé à mes propres fins. C'est facile d'écrire « et il mourut » pour les besoins de l'histoire. Maintenant la mort veut prendre sa revanche. J'en ai froid dans le dos mais je continue ma marche, je sens que je j'arrive au but, quel qu'il soit. J'arrive à une clairière et je suis essoufflé, mon cœur s'accélère. J'aurais dû rester à la maison, s'il m'arrive quelque chose, personne ne pourra me venir en aide. Je m'assieds, je ferme les yeux et je respire lentement et profondément pour me calmer. Quand je rouvre les yeux, je vois une vieille femme devant moi, elle est habillée tout en noir. Elle me parle en Français, d'une voix douce et éthérée.

- Pierre, tu veux retrouver ce qui t'a échappé, il n'est pas trop tard. Mais avant, tu dois conquérir ta plus grande peur, celle de la mort. Tu la fuis, mais elle est près de toi et elle n'est pas ce que tu crois. Elle t'a enlevé un être cher il y a bien longtemps, mais ça c'est un secret enfoui au plus profond de ton âme. Tu en souffres, mais pour que cette plaie guérisse, il faut qu'elle remonte à la lumière. La mort va frapper à ta porte à nouveau. N'aie pas peur, elle te redonnera la vie et tu retrouveras ce que tu as perdu. Quand tu auras retrouvé l'objet de ton désir, tu ne le reconnaîtras pas tout de suite, car il sera transformé. Laisse ton âme te guider, car elle aussi est sur une quête, ce qu'elle recherche est plus précieux que tous les trésors du monde.

La femme se retourne et marche en direction du bois.

- Attendez, ne me laissez pas ainsi, je ne comprends pas, expliquez-moi !

Je suis figé sur place, je voudrais lui courir après mais je ne peux pas me lever. Je me pince le bras pour m'assurer que je ne suis pas en train de rêver. Quand j'arrive enfin à me lever, il est trop tard, elle doit être trop loin. Qui était-elle ? Comment me connaissait-elle ? Quelle est cette allusion à la mort qui m'a enlevé un être cher ? Elle a dit que c'était un secret alors ce ne peut pas être Carmen. Qui va être frappé par la mort ? Qu'est-ce qui est plus précieux que tous les trésors du monde ? Tout en posant ces questions, je m'aperçois que je suis encerclé : à l'orée de la clairière se trouvent hérissons, lièvres, belettes et biches. Ils me regardent comme s'ils attendaient quelque chose de moi.

- Vous n'avez jamais vu quelqu'un ici ? Et la vielle dame qui était là, vous la connaissez ? Vous savez où elle habite ? Bon ça va j'ai compris, je vous dérange, je m'en vais !

Quand je rentre à la maison, tout le monde est levé.

- Pierre vous voilà. Je vois que vous êtes allés faire un tour dans la forêt. Faites attention, on peut y faire de mauvaises rencontres ! dit Nonna.

- ... ?

- Oui, il y a des serpents et des chats sauvages qui peuvent être agressifs quand ils ont faim. Mais dites, vous en faites une tête, on dirait que vous avez vu un fantôme !

- Non, non ça va, j'ai juste faim, je n'ai pas déjeuné avant de partir.

- Venez prendre un café, il reste un peu de Colomba di Pasqua et de Fruta Martorana, ça va vous requinquer.

Je m'efforce de faire bonne figure, j'ai été si bien accueilli dans la famille de Jean-Claude, je ne voudrais pas qu'ils pensent que je ne suis pas content de mon séjour. Je n'ose pas non plus parler de cette apparition, que pourraient-ils en penser ? C'était un délire, c'est évident, c'est comme la page blanche qui m'invectivait. Cela veut dire que je suis loin d'être guéri, mais je ne veux pas y penser pour le moment. Ce séjour m'aura changé les idées, c'est le principal. Au moment de dire au revoir, j'ai une larme à l'œil.

- Merci du fond du cœur pour votre accueil, j'ai vraiment passé de très bons moments avec vous, je ne vous oublierai jamais et j'espère revenir bientôt.

- C'était un plaisir pour nous de voir à quel point vous avez apprécié notre belle ile. Vous reviendrez bientôt j'en suis sûr. Jean-Claude, quand vas-tu enfin fixer la date de ton mariage avec Annie ? Je ne veux pas mourir avant d'avoir vu tous mes petits-enfants mariés et tu es le dernier, dis Nonna.

- C'est promis, Nonna, on ne va pas tarder, répond Jean-Claude.

De retour à Grenoble, Jean-Claude me confie ses doutes.

- J'adore Annie, ce n'est pas ça le problème. C'est de moi que je doute, est-ce que ferai un bon mari et un bon père ? C'est pour ça que je ne veux pas m'engager.

- Depuis le temps que je te connais, je crois que je suis bien placé pour dire qu'Annie sera entre bonnes mains. Crois-moi, la vie est courte, il fait saisir chaque instant, tu n'auras pas une deuxième chance. Et elle, qu'est-ce qu'elle en pense ?

- Je ne lui en ai pas encore parlé.

- Si ça se trouve, elle n'attend que ça.

- Mais Nonna dit toujours que chaque chose a son temps, alors pourquoi se précipiter ?

- Elle doit penser que c'est le bon moment, elle voit l'harmonie qu'il y a entre vous deux et elle doit penser qu'il ne faut pas attendre trop longtemps pour avoir des enfants.

- Oui mais ça c'est de son époque, quand les familles nombreuses étaient la norme il fallait commencer tôt.

- Tu sais, quand Nonna a dit à Annie qu'il fallait penser au mariage, j'ai vu une lueur d'espoir dans le regard d'Annie. Alors vas-y, trouve lui une belle bague de fiançailles !

- Depuis quand tu donnes des conseils pour les couples ?

- Il faut bien que je trouve un autre métier.

- Ta créativité te fait toujours la tête ? Le soleil sicilien ne l'a pas dégelée ?

- C'est pire que ça, c'était ma maitresse et elle m'a abandonné. Et ne me dis pas « Une de perdue, dix de retrouvées », elle était unique !

- Je sais que cela ne va pas te consoler, mais voudrais tu être mon témoin ?

- Quelle question, bien sûr !

- C'est entendu, dès que j'ai sa réponse, nous organiserons nos fiançailles et nous chercherons une date qui convienne à tous, les négociations vont être longues, tout le monde va vouloir mettre son grain de sel.

- J'ai hâte de retourner en Sicile, j'aime beaucoup ta famille.

- Ce n'est pas idyllique tous les jours, ils se tenaient bien parce que c'était Pâques et qu'il y avait un invité. Ils sont tout le temps en train de se jalouser les uns les autres et de faire des embrouilles.

En effet les choses sont souvent différentes de ce que l'on imagine, je sens que je ne suis pas au bout de mes surprises.

III

« La mort se mêle et se confond par tout à notre vie »
Montaigne

J'ai réservé une table au restaurant préféré de Louis pour prendre le temps de relater mes vacances siciliennes, sans ne me douter de rien. Louis n'a presque pas touché à ses plats pourtant délicieux et je sens que quelque chose le préoccupe.

- Louis, s'il y a quoi que ce soit qui ne va pas, tu sais que tu peux m'en parler.

- Je ne voulais pas te faire faire du souci pour rien, mais je ne vais pas pouvoir le cacher longtemps. Cela faisait un moment que je ne sentais pas dans mon assiette et j'ai mis du temps avant d'aller consulter quelqu'un. J'aurais peut-être dû le faire avant, mais je ne sais pas si cela aurait changé grand-chose.

Il s'arrête, les mots ne viennent pas.

- Qu'est-ce qu'il y a Louis, c'est grave ?

- J'ai bien peur que oui, j'ai un cancer du pancréas. Il est plutôt mauvais, et il se peut que je n'aie que quelques mois à vivre…

Je suis sous le choc, je ne sais pas quoi dire. En regardant Louis, je m'aperçois qu'il n'a pas bon teint. Son visage est émacié, il a perdu du poids, mais depuis combien de temps ? Je ne m'en suis pas aperçu avant, j'étais trop préoccupé par mes problèmes, qui subitement me semblent bien dérisoires. Devant mon silence, Louis reprend la parole.

- Le médecin a dit que l'on pouvait tenter une opération pour enlever la tumeur ; ce n'est pas sans risque mais cela pourrait faire reculer cet envahisseur.

- Alors il ne faut pas hésiter, et si je peux faire quoique ce soit pour t'aider, demande moi.

- Merci beaucoup Pierre, je sais que je peux compter sur toi et ta famille, votre soutien m'est très précieux. Je dois revoir mon médecin après-demain, pour en rediscuter et prendre une décision.

- Je t'appellerai le soir pour prendre des nouvelles.

C'est une nouvelle trop lourde à porter tout seul plus longtemps, je passe chez Justine après avoir raccompagné Louis chez lui. Comme moi, elle est dévastée, Louis est un ami de la famille depuis si longtemps qu'il en fait partie. Quand Justine commence à pleurer, les larmes coulent à grosses gouttes sur mon visage, cela faisait longtemps que je n'avais pas senti leur goût salé sur mes lèvres.

- Arrêtons de pleurer, dit-elle, Louis est toujours avec nous et il faut l'entourer le plus possible, il va en avoir besoin. Il faut être fort pour lui.

- J'aimerais avoir ta force Justine, mais l'idée de la mort me terrifie.

Je repense à ce que la dame en soir m'a dit en Sicile et je dois faire une drôle de tête car Justine me prend la main et me dit de ne pas m'inquiéter. Je décide alors de lui confier ses paroles mystérieuses.

- Quand elle t'a dit que la mort allait frapper à ta porte, elle a dû faire allusion à Louis.

- Oui, mais je ne vois pas qui est l'être cher qui m'a été enlevé, pourquoi serait-ce un secret ?

C'est au tour de Justine de faire une drôle de tête. Elle éclate en gros sanglots.

- Justine, qu'est-ce qu'il y a ? Est-ce que cela te dit quelque chose ? Connais-tu ce secret ? Tu dois me le dire, je t'en supplie ! Ne garde pas ce qui te fait mal pour toi, tu peux me faire confiance !

Justine est blanche, comme si elle avait vu un fantôme. Je lui essuie ses larmes et elle retrouve la parole.

- Quoiqu'il arrive, promet moi de ne pas m'en vouloir Pierre.

- Pourquoi je t'en voudrais ?

- N'en veux pas à Maman non plus, elle a juste voulu te protéger.

- Me protéger de quoi ? Enfin, de quoi s'agit-il ?

- Écoute-moi maintenant, dit-elle avec une voix autoritaire, celle de la grande sœur que j'aime et que je respecte.

- Quand tu avais deux ans, Maman a accouché d'un garçon. Notre petit frère s'appelait André et il était magnifique. Maman était heureuse d'avoir un troisième enfant et André ne devait pas être le dernier, elle rêvait d'une grande famille. Seulement voilà, il est mort à quatre mois sans que l'on ne sache pourquoi, le médecin a simplement dit que c'était la mort subite du nourrisson. Maman s'en est sentie responsable, elle a cru qu'elle avait fait quelque chose qu'elle n'aurait pas dû. Je crois que nous nous sommes tous sentis responsable de cette horrible perte. Maman ne s'en est jamais remise, elle s'est repliée sur elle-même et n'a plus jamais évoqué le sujet. C'était un tabou absolu, elle a fait jurer à Papa et moi de ne plus jamais lui en parler ni de t'en parler. Chacun de nous s'est enfermé dans son chagrin, nous avions une douleur commune que nous ne pouvions pas partager. Le secret est devenu de plus en plus lourd à porter.

Je sentais qu'il y avait une tristesse en toi, mais j'ai tenu la promesse que j'avais fait à Maman. Elle n'avait pas de mauvaises intentions, crois-moi. Elle pensait qu'avec le temps, tu l'oublierais parce que tu n'avais que deux ans et que si on en reparlait, cela t'attristerait.

- Est-ce que tu te rappelles comment j'ai réagi ?

- Tu cherchais ton petit frère. Quand tu demandais « il est où André ? » et que l'on te répondait qu'il était parti au ciel, tu te fâchais de ne pas pouvoir le suivre. Tu regardais souvent le ciel pour essayer de le voir. Après quelques mois tu as dû perdre espoir et tu as cessé de regarder en l'air. Quand tu faisais des cauchemars, c'était moi qui te consolais. Il ne faut pas en vouloir à Maman, c'était trop pour elle.

- Et pour toi ce n'était pas trop ? Tu devais faire face à mon chagrin en plus du tien.

- Je n'avais pas l'âge d'y réfléchir, je faisais ce que je pouvais.

- Ce qui était déjà beaucoup, j'ai toujours su que tu étais ma grande sœur protectrice mais je ne me suis jamais rendu compte à quel point. J'aimerais tellement faire quelque chose pour toi à mon tour. Comment le vis-tu maintenant ?

- Je n'y pense même pas. Jusqu'à aujourd'hui je n'en avais parlé à personne.

- Même pas à ta thérapeute ?

- Non, mais maintenant je me rends compte que cela pourrait me faire du bien. Tu vois, rien que de t'en avoir parlé, cela m'a allégé l'esprit. Et toi, comment te sent-tu ? Tu n'es pas trop choqué d'apprendre ça aussi brusquement ?

- Pour l'instant, je ne percute pas vraiment, il va falloir du temps. Je crois que cela va m'aider dans ma recherche, que je trouverai des éléments de réponse. Mais ne te fais pas de souci, je ne t'en veux pas, ni à Maman. Si je croyais en Dieu, c'est à lui que j'en voudrais de m'avoir privé d'avoir un petit frère.

- Oui mais ce n'est pas ça qui le ramènera.

- Sans vouloir changer de sujet, je ne crois pas que Louis a dit quoique ce soit à maman et papa sur son état.

- Maman s'est quand même rendue compte de quelque chose, elle a vu que Louis avait perdu du poids et se faisait du souci. Si tu veux, je peux leur en parler.

- Je veux bien, deux morts en une journée, ça me fait beaucoup.

- Ne parle pas comme ça Pierre, tant qu'il y a de vie, il y a de l'espoir.

- J'espère que son opération va marcher.

- Je vais en parler à mon groupe de prière, nous sommes nombreux. Nous avons une arme contre la souffrance et le mal, c'est la prière.

- Si seulement c'était aussi simple, il n'y aurait plus de souffrance et de mal. Ce n'est pas en ce moment que je vais trouver la foi, j'ai déjà assez de mal à retrouver ma créativité.

- Mais la créativité est un cadeau de notre créateur, donc en créant tu te rapproches de lui. La foi et la créativité vont ensemble, si tu trouves l'une tu trouveras l'autre.

- Non je ne crois pas, comment aurais-je pu écrire autant sans avoir la foi ?

- Ça je ne l'explique pas, tu avais peut-être la foi sans le savoir, et elle était enfouie au fond de toi, comme la tristesse d'avoir perdu André. Il y a beaucoup de choses qui sont au fond de nous et que nous ignorons. Ce sont souvent les épreuves qui les font remonter à la surface.

J'ai tenu le coup tant que je pouvais chez Justine, mais en rentrant chez moi, je m'effondre. Mon monde s'écroule et j'ai du mal à croire tout ce qui m'arrive, tout cela n'a pas de sens. Ce secret qui était enfoui au fond de moi, la prophétie de la dame en noir, l'annonce de Louis. Qu'est-ce que cela veut dire ? Pourquoi moi ? Quel est le lien avec ma panne d'idées ? Comment me soulager de cette tristesse qui pèse une tonne ? Je suis au fond du gouffre, je n'ai plus envie de vivre. Il n'y a rien qui en vaut la peine, si tout doit finir ainsi.

La mort a toujours le dernier mot. On peut vivre notre vie sans s'en préoccuper, jusqu'au jour où elle reprend ce que nous avons de plus précieux. Chacun de nous est condamné à la naissance, mais personne n'en connait la date. Nonna croit que son bon Dieu la connait, et elle l'accepte. Elle parait sereine, mais ce n'est peut-être qu'une apparence. Je repense à ce qu'a dit la dame en noir. Il faut conquérir ma peur de la mort, mais elle ne m'a pas donné de recette pour y arriver. Elle a aussi dit qu'elle n'est pas ce que je crois et qu'elle me redonnera la vie. Non, je ne vois pas. Toutes ces idées tournent dans ma tête, je ne trouve pas le sommeil. Si j'avais des somnifères, je m'assommerais avec.

- Pierre, tourne-toi vers la Lumière.
- Valérie ?
- Oui c'est moi. J'ai entendu ta douleur, et je veux te montrer le chemin vers la guérison.
- Je suis ton créateur, comment peux-tu me guérir ?
- Tu m'as fait vivre la perte de toute ma famille, mais aussi la guérison. Ce que tu as écrit est valable également pour toi. Je te l'ai dit, tourne-toi vers la lumière.
- Quelle lumière ?
- Celle qui brille en toi, celle de l'amour.
- .. ?
- Ne reste pas au fond de ton gouffre, occupe-toi de ceux qui sont autour de toi.
- Et ça va me guérir ?
- Si tu ne penses qu'à ta guérison, certainement pas. Je te l'ai dit, fais le par amour. L'amour est plus fort que la mort.

C'est vrai, Valérie a guéri en guérissant elle-même un être qui avait besoin d'elle. Ce qui me parait évident, c'est que Louis a besoin d'être entouré. Sa plus proche famille c'est mes parents, Justine et moi. Il n'a jamais été très proche de ses frères et de sa sœur. Elle est bijoutière à Paris, son frère ainé a été emporté par un cancer il y a deux ans et son autre frère est chirurgien-dentiste à Lyon. Ils ont toujours donné la priorité à leur travail et ont regardé Louis de haut, estimant qu'il aurait pu faire quelque chose de plus valorisant que libraire. Au moins il a fait quelque chose qui le passionne et c'est pour ça que j'ai toujours été proche de lui, nous partageons une passion pour les livres. C'est dommage qu'il soit resté seul, c'est peut-être mon sort à moi aussi. Pour l'instant, je ne m'en soucie guère, mais dans des moments comme celui que vit Louis, la solitude doit peser bien plus lourd. D'un autre côté, on doit se faire du souci de laisser derrière soi femme et enfants, que vont-ils devenir lorsqu'on n'est plus de ce monde ? Il faut assurer l'avenir de ses proches, ne pas les laisser dans le besoin. Louis n'a pas d'autre famille, ses oncles et tantes ont tous péri dans la shoah. Les parents de Louis et son frère ainé ont été sauvés par mes grands-parents. Juan et Carmen avaient eux-mêmes fui une persécution, celle de Franco. Ils ont réussi à s'enfuir de Barcelone en bateau jusqu'à Marseille, juste avant les bombardements en 1939. Ils se sont réfugiés chez un oncle de Carmen à Cassis où Juan a pu continuer son métier de pêcheur. Quand ils ont su le sort qui était réservé à la famille de Louis, ils n'ont pas hésité à leur venir en aide en les cachant chez eux, et c'est cela qui a sauvé leur vie. Après la guerre, les parents de Louis se sont installés à Lyon, mais les deux familles sont restées proches. Mon père a quitté Cassis car il n'a pas voulu vivre la vie de mon grand-père. Il s'est installé à Grenoble où il a rencontré ma mère. Louis est devenu un des amis les plus proches de mon père qui lui a demandé d'être témoin à son mariage. Ensuite Louis a racheté la librairie Notre-Dame à Grenoble avec l'aide de ses parents et il est devenu « Tonton Louis » pour Justine et moi. Il nous ramenait toujours des livres et c'est grâce à lui que j'ai su lire à l'âge de cinq ans. Les livres ont toujours été au centre de nos discussions et il a suivi ma carrière littéraire avec beaucoup d'intérêt, depuis le premier poème que j'ai écrit à l'âge de onze ans jusqu'à mon dernier roman. Il a toujours été la première personne à lire chacune de mes œuvres. Je savais que je pouvais toujours compter sur lui pour m'aiguiller, me faire prendre du recul ou même changer de direction quand il le fallait. Il critique toujours avec tact et finesse car il a un très bon œil. Ses clients l'aiment beaucoup car il sait recommander les livres qui vont aimer et les faire réfléchir. Nous discutons souvent de tout ce qui se passe dans le monde, nous sommes tous les deux curieux de tout. L'histoire, la géographie, la nature, l'actualité, tout nous intéresse; nous partageons aussi notre rejet de Dieu et de la religion. Les parents de Louis sont devenus athées après la guerre. Comme bon nombre de leur peuple, ils ont pensé que si Auschwitz a été possible, c'est que Dieu n'existe pas. Ils ont laissé le choix à leurs enfants, Louis est allé jusqu'à faire sa Bar-Mitsvah avant de rejeter Dieu complètement. Il ne pouvait pas admettre son existence, alors que ses frères et sa sœur ont pris le chemin opposé. Bien qu'il se soit gardé de m'influencer, son immense chagrin d'avoir perdu sa famille dans des circonstances aussi atroces a contribué à mon choix de rejeter Dieu à mon tour. Sans le savoir, j'ai partagé avec Louis la souffrance d'avoir perdu une partie de ma famille. Maintenant que je sais que mon petit frère m'a été enlevé, je peux mettre des mots sur la tristesse qui est tapie au fond de moi. Mais cela ne l'attenue pas et je dois rester sur mes gardes pour ne pas me laisser prendre à son piège. À la moindre inattention, elle peut me faire sombrer dans le désespoir. Maintenant je ne sais pas où je vais puiser des forces pour aider Louis.

- Est-ce que ça va depuis hier Pierre ?
- Pour l'instant je ne veux pas trop penser à moi, Justine. Je voudrais entourer tonton Louis le plus possible.
- Oui, j'y pensais aussi. Il pourrait laisser Gilbert gérer la librairie, ça lui permettrait de se reposer.
- Il ne va peut-être pas vouloir ; s'il reste tout seul chez lui, il va broyer du noir.

- Il faut qu'il garde le moral, c'est primordial pour sa guérison.

- Tu crois vraiment qu'il peut guérir ?

- La capacité de guérir est innée dans notre corps, il suffit que les chakras soient en harmonie. Cela permet une libre circulation des énergies qui ont le pouvoir de guérison.

Je laisse Justine avec ses idées farfelues, les chances de survie du cancer du pancréas sont minuscules. Il faut certes mettre toutes les chances de son côté, mais il y a beaucoup d'options à envisager avant celle de l'harmonisation des chakras. Elle a dû oublier qu'une opération était prévue. Entre nous deux, Louis aura de la visite chaque jour, Justine ira le week-end car elle est prise par son travail dans la semaine.

Quand je retrouve Louis après la fermeture de sa librairie, il a une pile de livres devant lui.

- Voilà, ce sont tous les livres que je m'étais promis de relire, sans trouver le temps de le faire. Ce sont des vieux amis que j'ai délaissé au profit des plus jeunes. Je veux utiliser mes derniers jours sur terre le mieux possible. Promet moi de les finir, si je n'ai pas le temps.

- D'accord, mais tu ne crois pas que tu es fataliste ? Il faut tout essayer pour te guérir.

- Le médecin n'a pas voulu me donner de faux espoirs, il n'a que cinq pour cent des patients qui survivent après cinq ans.

- Et si tu faisais partie de ces cinq pour cent ?

- La vie n'a pas souri à ma famille jusqu'à aujourd'hui, pourquoi commencerai-t-elle maintenant ?

En pensant à mes grands-parents qui ont sauvé sa famille, cela me fâche mais je ne dis rien. Mon visage me trahit et Louis s'en rend compte.

- Pardon Pierre, je ne suis pas un ingrat, je n'ai pas oublié ce que tes grands-parents ont fait.

- Oui je sais, mais je comprends que rien ne ramènera ceux que tu as perdus.

- J'aimerais faire taire cette colère qui est en moi, mais elle est plus forte que moi. Justine me dit souvent que les émotions négatives sont mauvaises pour la santé.

- C'n'est quand même pas ça qui t'a rendu malade !

- Tous les bons repas alors.

- Si tous les gourmands avaient un cancer du pancréas, il n'y aurait plus de bons restaurants.

- Si je croyais au destin, je le mettrais sur le banc des accusés ; je ne crois pas en Dieu non plus donc je ne peux pas l'inculper. De toute façon, même si je trouvais la cause, cela ne change rien. Le monstre est là et me dévore.

- Tu m'as dit que le docteur avait parlé d'une opération, ça veut dire qu'il peut enlever la tumeur ?

- Oui, et aussi la rate et une partie de l'intestin. Ça va être régime pendant un bon moment. Mais parlons plutôt d'autre chose. Où en es-tu avec ta recherche d'inspiration ?

- Je n'ai pas eu le temps d'y penser depuis que je suis rentré de Sicile.

- À cause de moi ?

- Il n'y a pas que ça. J'ai appris que j'avais perdu mon petit frère.

Son visage s'assombrit.

- J'espère que tu ne m'en veux pas d'avoir gardé ce secret, je l'avais promis à ta mère.

- Non pas du tout. Je suis soulagé de pouvoir expliquer cette tristesse que je ressentais sans savoir d'où elle venait.

- J'ai senti la même chose quand le docteur a trouvé la cause des douleurs et de la perte de poids que je ressentais déjà depuis un bon bout de temps. On a besoin de savoir pourquoi on souffre. Après il faut gérer d'autres émotions, j'avoue que je ne m'y attendais pas du tout. Je vivais ma vie tranquillement sans savoir que j'étais condamné. Maintenant je ne sais pas ce que je vais faire de ce qui me reste de ma vie, à part de lire ces quelques livres que tu vois là.

J'ai de la peine à entendre Louis parler ainsi, je ne reconnais plus l'homme optimiste et enthousiaste qui m'a toujours encouragé et soutenu. Maintenant c'est à mon tour. Je me sens investi d'une mission et cela me remonte le moral. Si je n'ai plus d'idées pour écrire, je vais devoir en trouver pour aider Louis.

- Louis, dis-moi, est-ce qu'il y a une chose que tu as toujours voulu faire dans ta vie, mais que tu ne t'es pas permis où que tu as repoussé à plus tard ?

- Non je crois que j'ai toujours pu faire ce que j'ai voulu, je n'ai pas de regrets de ce côté-là.

- Il doit bien y avoir quelque chose, tu n'as pas eu de rêve que tu n'as pas pu réaliser ? Est-ce que tu t'es au moins permis de rêver ?

- J'ai toujours trouvé de quoi rêver dans tous les livres que j'ai lu. D'ailleurs j'aurais dû faire une liste de tous les livres que j'ai lus. Je vois déjà ma tombe, « Ici git Louis Roselberg, qui a lu 2543 livres » Je vais choisir mes préférés et ils partiront avec moi six pieds sous terre. Ma pierre tombale sera en forme d'un livre. Ma vie a été consacrée aux livres, je n'ai pas eu le temps de faire autre chose que de lire et partager ma passion.

- Et ce n'est pas rien, tu as contribué à mon succès, tu le sais. Ne soit pas modeste, c'est vrai. Rappelles toi tous les conseils que tu m'as donné, depuis mes premiers pas d'écrivain jusqu'à maintenant.

- Je suis désolé de ne pas pouvoir t'aider dans la mauvaise passe que tu traverses.

En fait, le fait de pouvoir l'aider m'aide moi-même à surmonter cette épreuve. Cela me permet de relativiser et de penser à autre chose, mais ce n'est pas pour ça que je le fais, ce n'est qu'un effet secondaire.

- Ne t'en fais pas pour moi, je la retrouverai cette fichue créativité. Je ne sais pas bien où chercher mais je ne désespère pas.

- Tu vas peut-être la trouver là où tu t'y attends le moins. Tu pourrais passer ta vie à chercher sans trouver de réponse. La question se pose uniquement parce que tu crois qu'elle t'a abandonné, mais elle est allée nulle part, elle est toujours en toi. Tu as perdu ton lien avec elle, c'est cela qu'il faut que tu retrouves.

- Tu crois vraiment que c'est quelque chose qui est en moi ? J'ai toujours pensé que les idées venaient à moi sans me poser de questions sur leur provenance.

- Le cerveau humain est fait pour être créatif, sinon comment Homo Erectus aurait-il pu domestiquer le feu ? C'est bien cela qui distingue l'homme des animaux et c'est ce qui a permis son progrès.

- Ce n'est pas pareil, Homo erectus avait froid, c'était la nécessité qui a été la force motrice de cette découverte.

- Tu m'as souvent dit qu'écrire était pour toi un besoin vital.

- Oui, mais je n'ai jamais pu me l'expliquer, quelle aurait été ma nécessité ?

- Ça pouvait être un remède contre la tristesse d'avoir perdu ton frère ; tu n'as pas pu faire le deuil car ta famille ne te l'a pas permis et tu ne savais pas que tu avais un deuil à faire. Sans en être conscient, tu as trouvé ce moyen pour combattre ton chagrin. Ton besoin de vivre était plus fort pour que tu restes emprisonné par la tristesse, alors tu t'échappais dans un monde que tu avais créé où elle ne pouvait pas te rattraper.

Il fait une pause et se reprend.

- Maintenant je m'arrête, ce sont simplement mes idées, je ne suis pas psychologue, j'essaie simplement de te donner des pistes pour t'aider dans tes recherches.

- Je ne voudrais pas que tu te fatigues pour moi, tu as d'autres soucis. Mon problème n'est pas si grave.

- Au contraire, cela me fait du bien de penser à autre chose. Fais attention de ne pas comparer tes soucis à ceux des autres. Ça aide à relativiser, mais ça peut aussi t'empêcher de trouver une solution.

- Moi aussi j'ai besoin de penser à autre chose. Si jamais tu penses à une chose que tu voudrais faire, je t'aiderais à la réaliser. Tout ce que je demande c'est que cela n'ait pas de rapport avec les serpents, j'en ai une peur incontrôlable.

- Ce ne sont pas mes animaux préférés non plus. Maintenant que j'y pense, il y a un endroit que j'ai toujours voulu voir, le monastère de Sainte-Catherine du mont Sinaï.

- Ah bon ?

- Rassures toi, je n'ai pas de vocation monacale, c'est là où se trouve la plus ancienne bibliothèque au monde encore en existence. Les livres qu'elle abrite ne font pas partie de ma lecture habituelle mais je suis fasciné que ces moines aient pu préserver ces manuscrits à travers les siècles. Je me demande parmi tous les livres qui sont écrits aujourd'hui, s'il y en aura qui seront préservés dans deux mille ans. Le climat du désert doit y être pour quelque chose. Je devrais mettre mes livres préférés dans un coffre que j'enterrerai là-bas, prêt à être découvert par un archéologue.

Je repense à ce que me disait Guillaume, ce serait une aventure, mais pour l'instant il faut penser à accompagner Louis à son opération. Son docteur a dit qu'il y avait des risques, ce qui en soi est une aventure. Pour moi aussi, rien que d'aller à un hôpital me rend malade. Louis m'a donné matière à réflexion et je le quitte car il se fatigue.

La date de l'opération étant fixé au mois prochain, Justine, mes parents et moi continuons à entourer Louis, ce dont il est très reconnaissant. En passant voir Justine, je partage avec elle ses conclusions sur l'origine de ma créativité pour avoir un deuxième avis.

- Ce qu'il dit me parait juste, bien que cela n'explique pas pourquoi tu n'aurais plus d'idées alors que tu n'as pas encore fait le deuil. Est-ce que tu te sentais moins triste ces derniers temps ?

- Ni plus ni moins, mais en admettant que cela soit le cas, est-ce que cela veut dire que je devrai rester dans la tristesse pour être créatif ? Je ne veux pas être esclave de ma tristesse !

- Je ne crois pas, il y a d'autres choses qui stimulent la créativité. Par exemple, selon Krishamurti, la flamme ardente du mécontentement joyeux te donne l'initiative qui est la source de la créativité. Il dit que cette flamme créera et fera naître des choses nouvelles.

- ... ?

- C'est normal d'être mécontent, nous vivons dans un monde imparfait. L'acte créateur permet de refaire le monde, pour qu'il redevienne ce qu'il devrait être, ne serait-ce que sur une toile ou un livre.

- Mais n'y a-t-il pas d'acte créateur gratuit ? Ne peut-on pas créer sans souffrance, simplement pour le plaisir d'écrire un beau texte ou de peindre un beau tableau ?

- Je ne sais pas, l'énergie créatrice est bien mystérieuse. Je me pose beaucoup de questions là-dessus mais ce qui m'intéresse le plus ce n'est pas de créer une œuvre d'art mais un être vivant. C'est ça, l'acte créateur ultime.

- Au fond nous recherchons un peu la même chose toi et moi et elle nous échappe.

- Ma thérapeute m'a conseillé de trouver une activité créatrice, j'essaie le dessin. Quand je me promène, je prends un carnet et je dessine tout ce que je vois, des maisons, des fleurs, des oiseaux... Ce ne sont pas des œuvres d'art mais cela me fait du bien.

- Je suis sûr que tu es plus douée que moi. J'ai essayé la peinture, mais ça a été un échec.

Je lui raconte mes déboires artistiques et nous rions ensemble. Nous avons toujours eu une grande complicité et maintenant que nous avons pu en parler, le chagrin d'avoir perdu notre petit frère nous a rapprochés davantage. C'est même notre petit secret car nous n'en avons pas encore discuté avec nos parents. Nous sommes d'accord que cela leur ferait du bien d'en parler mais nous ne savons pas encore comment nous allons nous y prendre pour aborder ce sujet en douceur. Nous avons d'autres préoccupations et nous ne voulons pas le faire à la va-vite, ma mère risquerait de se braquer.

Les jours suivants, Justine et moi nous occupons de Louis ; nous ne pouvons pas être avec lui tout le temps pour l'empêcher de broyer du noir, mais nos visites l'aident à ne pas sombrer dans le défaitisme. L'instinct maternel de Justine tourne à plein régime, elle compense son manque en s'occupant de Louis comme si c'était son enfant. Elle lui mitonne de bons petits plats et lui fait des massages avec des mélanges d'huiles essentielles qu'elle a préparés spécialement pour lui. La seule chose qu'il refuse c'est qu'elle fasse bruler de l'encens, il ne veut pas que son appartement sente comme une église. Il a accepté d'aller au groupe de prière de guérison dont Justine fait partie, uniquement parce qu'il n'est affilié à aucune religion, on y prononce même pas le mot « Dieu ». C'est mystérieux et très « new age ». Les participants sont assis autour de la pièce et les malades sont au centre du cercle. Personne ne sait de quoi ils souffrent. Chacun ferme les yeux et prie, l'énergie générée ainsi par la prière collective est censée se concentrer sur les personnes ayant besoin de guérison. Justine nous a expliqué que leur action contribue à rééquilibrer les champs d'énergies cosmiques qui ont été perturbés par les actions néfastes des hommes. Je ne partage pas les croyances de Justine, mais je la laisse dire en me disant que cela ne peut pas faire de mal.

La veille de son opération, Louis dépose son testament chez le notaire et me confie les livres qui devront l'accompagner dans la tombe. « Je prends mes précautions, on se sait jamais », me dit-il avec résignation. J'ai beaucoup plus peur que lui, mais je ne le montre pas. Sa chambre est au huitième étage, il y a une belle vue sur la chaine de

Belledonne, les sommets sont encore recouverts d'un manteau blanc. Je reste avec Louis jusqu'à qu'on l'emmène et je demande à l'infirmière de m'appeler dès qu'il est réveillé. Je ne souhaite pas rester plus longtemps que nécessaire dans cet endroit déprimant où la mort et la souffrance font partie du quotidien. En rentrant chez moi, je croise la gardienne de mon immeuble qui est rentrée de vacances hier.

- Bonjour Maria, comment se sont passé vos vacances ?

- Très bien Monsieur Valdo, si vous avez un petit moment, je vais vous raconter ça avec un bon verre de Porto et des pastéis de nata que je viens de faire.

- Volontiers, dis-je en pensant que ça sera mieux que de rester tout seul à me faire du souci pour Louis.

C'est la première fois que je rentre chez elle. Son appartement ressemble à une chapelle, il y a des cierges qui sont allumés, des statuettes de la vierge, des croix avec et sans le Christ, un portrait du Pape et plusieurs tableaux de la vie de la vierge. C'est un sanctuaire hors du temps et du monde, mais je trouve cela assez étouffant.

- Je vois que mon lieu de prière vous plait, êtes- vous croyant ?

- Non, pas vraiment.

- Je vais prier pour vous, vous savez il n'est jamais trop tard pour vous tourner vers le Christ, il est mort pour nos péchés à nous tous. Il n'attend qu'une chose, c'est de vous accueillir dans son cœur.

- Merci Maria, mais parlez-moi un peu de vos vacances.

- J'ai retrouvé toute ma famille et mon village. Je ne m'en lasse jamais, c'est tellement beau là-bas et c'est une vie tellement différente. On prend le temps de vivre, on n'est pas toujours pressé à courir à droite et à gauche. Tous mes frères et sœurs et leurs enfants étaient là pour fêter les 80 ans de Maman. Nous lui avons fait la surprise d'organiser un voyage à Fatima. Cela faisait dix ans qu'elle n'y était pas allée. Depuis son attaque cérébrale elle est en fauteuil roulant et ne sort pas souvent de chez elle. Nous lui avions enveloppé une petite statue de la vierge avec une carte où nous avions écrit « Vous êtes invités à mon sanctuaire avec toute votre famille ». Elle était si émue que tous ses enfants et petits-enfants l'accompagnent, elle en avait les larmes aux yeux. C'était un moment de pur bonheur, mais c'était sans compter ce qui allait se passer. Car il s'est passé une chose extraordinaire à Fatima, vous n'allez pas me croire, mais nous étions six à y assister, nous n'avons pas rêvé. Non pas une chose extraordinaire, mais deux ! dit-elle, dans un état d'excitation fébrile. Nous étions dans la chambre de Maman, avant d'aller à la messe quand la chambre s'est remplie d'une lumière bleue et notre Sainte Mère la vierge Marie, bénie soit-elle, nous est apparue. Elle a embrassé son index puis a touché le front de chacun de nous avec son doigt. Chaque baiser a pris la forme d'une flamme. Ainsi, nous avons tous reçu cette flamme d'Amour de notre Sainte Mère. Elle a dit « Aujourd'hui, je vous bénis avec ma flamme d'Amour. Vous êtes miens, je vous prends dans mon cœur immaculé. Ne vous tourmentez pas de l'état du monde. Croyez en Dieu le Père, Il vous aime tellement. Continuez à consacrer vos familles et vos amis à l'Amour et à la miséricorde de la Sainte Trinité. Sachez que je suis toujours avec vous. Comme je chéris votre présence dans mon cœur. Soyez en paix, je vous aime ! » Ensuite, elle a mis sa main au-dessus d'une bouteille d'eau que nous avions apporté et elle a dit « Je bénis cette eau comme je vous ai béni. Avec cette eau, bénissez autour de vous en mon nom pour montrer à tous vos proches combien je les aime ». Pendant tout ce temps, nous n'avons pas bougé, ni fait un bruit. Ensuite elle nous a souri et a disparu. Nous n'osions pas bouger, ni dire un mot. Nous nous regardions les uns les autres pour essayer de savoir si nous avions tous vu la même chose. C'est Maman qui a rompu le silence. Elle s'est levée de son fauteuil, a récité un Avé Maria et elle a fait de tour de la pièce pour nous prendre dans les bras, nous embrasser et nous dire à quel point elle nous aimait. Nous avons pleuré de joie Monsieur Valdo, comme nous ne l'avons jamais fait, à tel point que nous avons complètement oublié d'aller à la messe. Elle a voulu faire le tour de la ville pour profiter d'avoir retrouvé l'usage de ses jambes. Vous auriez dû la voir, elle avait plus d'énergie que nous tous réunis. Je crois que nous étions encore sous le choc. Elle n'arrêtait pas de nous remercier de ce cadeau inespéré qu'elle avait reçu pour ses 80 ans. Nous n'y étions pour rien bien sûr, nous étions loin de nous douter de ce qui est arrivé ce jour-là. C'est la vierge que je remercie chaque jour d'avoir guérie ma Maman et de nous avoir tous béni. Quand je vous ai vu, j'ai tout de suite voulu partager cela avec vous. Vous avez toujours été gentil avec moi, il y en a beaucoup qui me regardent à peine. J'ai l'impression d'être invisible, sauf quand ils ont besoin de moi c'est-à-dire quand il y a quelque chose qui ne va pas. Le vide-ordure bouché par exemple. Il n'y a pas une semaine sans que ça n'arrive. On a beau dire aux gens de ne pas mettre des gros sacs qui se coincent, ils ne font jamais attention. Vous savez je relis souvent vos livres, vous avez de la chance d'avoir un tel talent.

Elle pause pour reprendre son souffle après ce récit bouleversant et me demande si tout va bien. Elle trouve que je n'ai pas bonne mine et me met des pâtisseries dans une assiette. Je lui parle de Louis et de son opération.

- Ah oui, votre ami Louis, je l'ai déjà vu, il a beaucoup de charme. Je vais prier pour lui, je suis sûre que notre Sainte Mère interviendra auprès de notre Père pour sa guérison. Dès qu'il est sorti, amenez le moi pour je le bénisse avec l'eau de Fatima.

Je lui fais la promesse pour lui faire plaisir, encore une chose qui ne peut pas faire de mal. Je ne sais pas quoi penser de l'apparition de la vierge et de la guérison de sa Maman. Les guérisons miraculeuses appartiennent au monde de la fiction, pas de la réalité. On aimerait y croire, comme un enfant croit au Père Noël. Si quelqu'un m'affirmait qu'il avait vu le Père Noël en chair et en os, je lui dirais d'aller se reposer. C'est bien de rêver, nous en avons tous besoin, mais quand ça se confond à la réalité, c'est autre chose. Quand je pense à ce que j'ai vécu dernièrement, il y a des choses qui sont à la limite du rêve. Une page blanche qui me nargue, j'attribue cela au surmenage, la dame en noir, je ne sais pas trop. Ce qui me gêne dans cette histoire, c'est la guérison de sa Maman. Est-ce le pouvoir du mental, à force de croire en quelque chose elle finit par arriver ? Maria a affirmé qu'ils étaient loin de se douter de ce qui aller se passer. Une hémiplégie ça ne peut pas se guérir par la force du mental, ce n'est pas possible. J'aimerais bien la voir sa Maman, pour me rendre compte par moi-même. Tout en pensant à elle, je mange ses pâtisseries. C'est vrai qu'elles sont très bonnes, c'est une recette de famille, m'a-t-elle dit, transmise de mère en fille.

Je regarde l'heure, Louis devrait être réveillé à cette heure-ci selon l'infirmière. J'espère qu'il n'y a pas eu de complications. J'appelle l'hôpital pour avoir des nouvelles et on me répond qu'il n'est pas encore sorti de la salle d'opération, sans m'en dire plus. J'allume la télé pour avoir quelques nouvelles. Les glaciers du Mont Blanc ont encore reculé de cinquante centimètres depuis l'an dernier et la Thaïlande connait les pires inondations de son histoire. Le réchauffement climatique a des effets dévastateurs et il est de plus en plus urgent d'agir selon les experts qui prévoient que le pire est encore à venir. Ensuite on voit des familles américaines qui construisent des bunkers pour survivre à une éventuelle apocalypse. Ils ne savent pas trop ni quand ni comment cela va arriver, chacun a sa théorie. Il y en a qui se fient au calendrier Maya qui annonce cela pour 2012, d'autres ont interprété la bible à leur façon pour calculer une date. Je me demande ce qu'ils vont faire une fois la date passée, ils auront l'air bien malin. La fin du monde n'est pas nouvelle, depuis que l'homme a fait ses premiers pas sur la terre, il en a prédit la fin, comme si elle avait une date de péremption. C'est peut-être vrai, mais c'est un secret bien gardé. Le réchauffement climatique n'entrainera pas la fin de la terre, juste la fin de notre espèce parmi d'autres. Nous subirons le sort des dinosaures pour être remplacé par une autre espèce. Il faut simplement espérer qu'elle aura plus de jugeote que l'espèce humaine qui a été bien destructrice tout au long de son histoire. Fabriquer une quantité d'armes suffisantes pour pouvoir se détruire mutuellement n'est pas un signe d'une intelligence supérieure. J'éteins la télé, il n'y a rien de réjouissant. Les nouvelles sont assez déprimantes, mais le reste ne l'est pas moins.

Depuis que je suis rentré chez moi, j'ai une drôle de sensation, comme s'il y avait une présence. Je supporte de moins de moins la solitude. Cela ne me faisait rien avant, je me plongeais dans mon écriture et je n'avais pas le temps de la sentir. L'écriture me permettait de remplir un vide, c'est pour ça que c'était aussi vital. Ce vide qui me faisait peur et me poussait à écrire pour le fuir, c'était le néant de la mort. La dame en noir a dit que je devais surmonter cette peur mais j'ai du mal à la regarder en face. Impossible d'y échapper, elle me rattrape. Elle m'a pris mon petit frère, maintenant elle menace d'en faire autant à mon meilleur ami. Mais qu'est-ce que je lui ai donc fait ? Si elle me veut alors qu'elle me prenne ici et maintenant, je ne supporte plus ce suspense. Si j'ai encore de nombreuses années à vivre, ce qui est plus probable statistiquement, je vais devoir trouver une autre échappatoire ou un moyen de dominer ma peur. Je repense à ce que m'a dit la dame en noir. Un secret enfoui a été dévoilé et ma plaie est remontée à la lumière, c'est vrai. Mais je n'ai pas encore compris le reste, cela reste un mystère. Enfin le téléphone sonne, j'ai peur que cela soit une mauvaise nouvelle.

- Monsieur Valdo, votre ami est en salle de réveil, il ira en service de soins intensifs dans environ une heure où vous pourrez le visiter.

- L'opération s'est-elle bien passée ?
- Il faudra demander cela au chirurgien, il viendra voir votre ami en début de soirée.

J'appelle Justine avant de partir, elle va passer en sortant de son travail.

La vie de Louis ne tient qu'à des fils et des tubes reliés à des machines. J'espère qu'elles sont plus fiables que mon ordinateur, il se bloque souvent sans raison apparente. Jean-Claude m'a dit que quand cela arrive, il faut le redémarrer mais qu'en faisant cela, je perds mon travail. J'ai donc pris l'habitude de sauvegarder régulièrement mes documents lorsque j'écris. Mais si les autres machines dont nous sommes dépendants fonctionnent de la même manière, c'est inquiétant. « Désolé, les appareils se sont bloquées, votre ami est perdu, nous n'avons pas eu le temps de faire une sauvegarde » ou alors « Veuillez attacher vos ceintures, l'avion va plonger en chute libre pendant que nous redémarrons les ordinateurs de bord ». On oublie souvent que derrière chaque machine, il y a des hommes qui l'ont conçue, fabriquée et installée et qu'ils ont faillibles comme tous les autres. Ils ont leurs forces et leurs faiblesses qui se retrouvent dans les machines qu'ils ont fabriquées. Les appareils électroniques peuvent adapter leur fonctionnement à des paramètres variables, comme l'homme a une capacité d'adaptation à des environnements différents. Hommes et machines sont vulnérables, les virus ont vite fait de les mettre hors d'état. Il y déjà assez de virus et de microbes dans la nature, maintenant il faut se protéger des virus informatiques. On n'est à l'abri nulle part, l'hôpital est un des endroits les plus dangereux où on peut attraper des infections. Je ne suis pas rassuré de savoir que chaque année, ces infections tuent plus de personnes que les accidents de la route.

Louis prend du temps à se réveiller, j'espère qu'il ne souffre pas. Un homme en blouse blanche se dirige vers le lit de Louis.

- Votre père est coriace, on a bien failli le perdre, mais il s'est accroché et nous avons pu terminer l'opération sans problèmes. Il va rester en soins intensifs encore un jour, ensuite si tout va bien il pourra retrouver sa chambre.

Il repart avant que j'ai le temps de lui expliquer que je ne suis pas son fils. Justine arrive et je lui répète les paroles du chirurgien. Elle a dû laisser les fleurs qu'elle avait achetées car elles ne sont pas autorisées ici. Louis ouvre les yeux et marmonne, j'ai du mal à le comprendre.

- Justine, Pierre, avez-vous vu la lumière ? Elle brille pour vous aussi !

- Louis, est-ce que ça va ? demande Justine.

- Ne vous inquiétez pas pour moi, tout va bien, dit-il avant de refermer les yeux.

Nous demandons à l'infirmière si Louis va bien. Elle nous rassure et nous conseille de le laisser se reposer et de revenir demain.

Quand je reviens le lendemain, Louis n'est plus en soins intensifs, il est revenu dans sa chambre.

- Pierre, je suis content de te voir, je suis revenu de loin.

- Le chirurgien m'a dit qu'il avait failli te perdre, c'est ça que tu veux dire ?

- Oui mais il ne connait pas la moitié de l'histoire. Tiens le voilà.

- Monsieur Roselberg, vous n'avez pas fini de nous étonner, je pensais devoir vous garder en soins intensifs beaucoup plus longtemps après ce qui vous êtes arrivé.

- C'est grâce à votre équipe, elle a vraiment fait du bon travail, je voulais la remercier personnellement, est-ce que vous croyez que ce sera possible ?

- Ils ont encore une journée chargée aujourd'hui, mais je peux leur transmettre vos remerciements.

- Je me demandais comment allait le père de Françoise, elle se faisait beaucoup de soucis pour lui, il avait eu un infarctus et elle devait aller le voir au service cardiologie après l'opération.

- Je ne le savais même pas.

- Vous êtes un chirurgien excellent et vous avez des journées bien chargées, mais vous devriez prendre un peu de temps pour mieux connaitre votre équipe. Christelle, par exemple, elle a fait du bon travail malgré son manque de sommeil. La pauvre petite, son divorce l'affecte beaucoup. Il y a aussi Julien, il vous admire beaucoup et Christian a été très efficace, mais il est frustré que personne ne reconnaisse son talent.

- Je ne le savais pas non plus. Mais comment savez-vous tous ces détails, qui vous en a parlé ?

- Si je vous le disais, vous ne me croirait pas. Ce que je peux vous dire, c'est que vous vous êtes donnés beaucoup de mal pour me réanimer et je vous en remercie. Vous n'avez jamais encore perdu un patient pendant une opération et cela aurait été un échec. Après le premier choc électrique, vous avez dit à Bernard d'augmenter la puissance à trois cents, ensuite vous avez demandé à Danielle d'administrer un milligramme d'adrénaline. Quand vous avez vu que cela ne marchait pas, vous avez essayé soixante milligrammes d'amiodarone. Peu de temps après, mon cœur s'est remis à battre tout à fait normalement, au grand soulagement de toute l'équipe. Il était quatre heure quarante-cinq. C'est tout ce que j'ai vu.

- Tout cela est correct, mais vous étiez sous anesthésie et votre cœur ne battait plus, vous n'avez pu ni voir ni entendre, c'est forcément quelqu'un de l'équipe qui vous a donné toutes ces informations. Il n'aurait pas dû, est-ce que vous pouvez me dire qui c'est ?

- Je sais que cela est difficile à croire et je ne vous en veux pas d'être incrédule. Tout ce que je vous ai dit, je l'ai vu et entendu aussi clairement et distinctement que je vous vois et je vous entends.

- Peu importe, je ne veux pas en savoir plus. À bientôt Monsieur Roselberg.

Comme le chirurgien, j'ai du mal à croire que Louis a pu voir et entendre l'équipe médicale en train de le sauver. Et comment a-t-il su des détails sur leur vie personnelle ?

- Et toi Pierre, tu ne me crois pas non plus ?

- Cela parait tellement incroyable, comment arrives-tu à l'expliquer ?

- À mon réveil, j'ai cru à un rêve, mais c'était très différent. Contrairement à un rêve, c'était clair, net et précis et je m'en souviens encore dans les moindres détails un jour après. En fait, la preuve m'a été donnée quand le chirurgien a confirmé l'exactitude de mes dires. Sauf bien sûr pour la vie de son équipe, il ne pouvait pas forcément tout savoir. J'ai senti leurs émotions et crois-moi, il y en avait beaucoup. Ce que je n'ai pas dit au chirurgien c'est que je flottais au-dessus de mon corps après avoir traversé un tunnel. Je voyais mon corps sur la table d'opération, l'équipe et le matériel, je pourrais en faire un inventaire. Ce n'était pas une hallucination, j'en suis sûr. Mais ce n'est pas tout. Au moment où j'ai pensé à toi en me disant que tu devais te faire du souci pour moi, je me suis retrouvé dans ton appartement. Tu regardais la télé, il y avait un reportage où on voyait des familles américaines qui construisaient des bunkers. Tu as trouvé l'espèce humaine bien stupide pour fabriquer assez d'armes suffisantes pour se détruire et tu as éteint.

- ... ?

- J'espère que tu ne m'en veux pas d'être venu sans prévenir, je n'ai pas eu le temps moi-même d'en être averti, c'était instantané. Quand tu penses à quelqu'un, tu peux le voir dans ta tête, mais dans ce cas, tu te trouves vraiment avec la personne.

- Oui, je me souviens avoir ressenti une présence à ce moment-là. Et tout le reste correspond, l'heure, ce qu'il y avait à la télé, ce que je pensais. Comment est-ce possible ?

- Je n'étais plus dans mon corps physique, donc je n'en subissais plus les contraintes. Je ne peux pas te l'expliquer mieux que ça, mais je suis content que tu ne me trouves pas fou.

Notre discussion est interrompue par l'infirmière qui vient faire la toilette de Louis. Je sors de la chambre pour me dégourdir les jambes. J'essaie de trouver un sens à ce que Louis m'a dit. S'il n'y avait pas autant de détails, je serais enclin à penser à une hallucination. Je suis curieux d'en savoir plus et j'interroge une infirmière au bureau du service.

- Mon ami est en chambre douze, il a eu une opération hier et voulait avoir des nouvelles du père de Françoise, elle faisait partie de l'équipe.

- Désolé, je ne connais pas tout le personnel ici. Je vais demander à ma collègue. Sylvie, tu connais une Françoise dans l'équipe du bloc ?

- Françoise Delamarne ?

- Je ne sais pas son nom de famille, tout ce que je sais c'est que son père a eu un infarctus et qu'il est soigné ici.

Sylvie regarde sur l'ordinateur.

- Voyons voir, oui voilà, Nicolas Delamarne au service cardiologie.

- Comment va-t-il ?

- Je n'ai pas d'informations sur l'état des patients dans les autres services, et même si j'en avais je ne pourrais pas vous en donner si vous n'êtes pas de la famille.

- Oui je comprends, merci en tout cas d'avoir regardé.

J'en ai assez pour confirmer ce que Louis a senti ; pour le divorce de Christelle, ça sera beaucoup plus délicat. La toilette doit être finie maintenant, je retourne à la chambre.

- Louis, je me suis renseigné, le père de Françoise est bien en service de cardiologie mais l'infirmière n'a pas pu m'en dire plus.

- Merci d'avoir essayé Pierre, mais tu n'es pas obligé de rester toute la journée ici avec moi. Je ne te chasse pas, mais je sais que l'hôpital te met mal à l'aise.

- Non, je suis content d'être là et je dois dire que je suis très curieux d'en savoir plus sur ce qui t'es arrivé.

- C'est une expérience hors du commun, je ne suis pas prêt de l'oublier.

- Est-ce que tu as eu peur quand tu as vu que l'équipe essayait de redémarrer ton cœur ?

- Pas du tout, je sentais une certaine paix et ce sentiment ne m'a pas quitté depuis

Je regarde Louis, son visage irradie la joie et la sérénité. Je ne vois plus un homme malade et soucieux, mais un homme en paix que rien ne pourrait ébranler. C'est toujours le même Louis, bienveillant et qui s'intéresse à tout, il ne semble pas avoir perdu son humilité ou sa sagesse. Pour ce qui est de son expérience, je suis dans en territoire inconnu que j'ai envie d'explorer, même si cela bouleverse ma vision de la vie et de la mort. Depuis que la page blanche m'a mis un bâton dans les roues, je vais d'un bouleversement à un autre, un de plus ne me fait pas peur. Je me retiens de lui poser plus de questions, je ne veux pas trop le fatiguer, même s'il n'a pas l'air très mal en point.

Je descends à la cantine déjeuner et Justine m'appelle pour avoir des nouvelles. Je lui parle de l'opération de Louis et de ce qu'il a vu.

- C'est incroyable Pierre, louis a vécu un NDE !

- Qu'est-ce que c'est une NDE ?

- Ça vient de l'Anglais, « Near-Death Experience ». On dit aussi expérience de mort imminente ou EMI. Est-ce qu'il t'a parlé du tunnel et de l'être de lumière ?

- Non, mais il faut dire qu'il n'en a pas encore eu le temps. Son opération était hier, n'oublie pas.

- J'ai hâte de le voir !

- Calme-toi Justine, je ne veux pas qu'on le fatigue. Promet moi de ne pas parler de tunnel ou d'être de lumière quand tu viendras.

Je regagne la chambre de Louis en me demandant de quoi Justine parlait. Il vient d'avoir son frère au téléphone, il ne peut pas venir le voir demain car c'est le Shabbat, ni Dimanche car c'est le deuxième jour de Chavouot. Il m'explique que c'est une célébration du don de la Torah sur le mont Sinaï, une fête très importante pour tout le peuple juif. Cela me fâche que l'on fasse passer une fête religieuse au-dessus de sa famille, mais Louis l'accepte. Même s'il ne pratique plus, il respecte les traditions de son peuple, et il est très bien entouré avec Justine, mes parents et moi, me dit-il.

En fin d'après-midi, Françoise Delamarne passe voir Louis.

- Bonjour Monsieur Valdo, on m'a dit que vous vouliez prendre des nouvelles de mon père.

- Ah oui, bonjour Françoise et merci pour le bon travail que vous et votre équipe avaient fait, si je suis encore vivant, c'est grâce à vous.

- C'est notre métier, mais je dois vous dire que nous avons vraiment eu peur pour vous. Nous ne sommes pas des dieux, nous avons des outils, des machines très sophistiquées et notre savoir-faire mais parfois ça ne suffit pas. Quand la nature reprend ses droits, nous ne pouvons que nous incliner devant elle.

- Voilà une belle leçon d'humilité. Et votre père, comment va-t-il ?

- Il va beaucoup mieux, mais vous le connaissez ?

- Non, mais pendant que l'équipe essayait de me réanimer, j'ai senti que vous vous faisiez du souci pour lui.

- Mais vous étiez inconscient et vous n'aviez plus de pouls !

- Oui je sais que ça parait impossible, je ne me l'explique pas moi-même.

- Seriez-vous télépathe ?

- Non, pas que je sache. Si je le suis vraiment, c'est la première fois que cela m'arrive.

- Ça serait la seule explication. En tout cas, le docteur Chambard était persuadé que quelqu'un dans l'équipe vous a donné un tas de détails sur l'équipe et l'opération. Mais pourquoi aurait-il fait cela et quand ? Mon père avait été admis le jour même, je n'ai pas eu le temps d'en parler à qui que ce soit. C'est de la télépathie, j'en suis convaincue. Et maintenant, vous savez à quoi je pense ?

- Désolé de vous décevoir, mais non.

- Je dois y aller maintenant, enchantée d'avoir fait votre connaissance et bon rétablissement.

Ensuite c'est au tour de Justine d'arriver, je sens qu'elle brûle d'impatience d'en savoir plus.

- Je pense que ton frère t'a raconté ce que j'ai vu, mais je ne lui ai pas tout dit. J'ai pensé que cela ferait trop de tout raconter d'un seul coup. Je n'ai moi-même pas eu le temps de tout digérer ce que j'ai vécu. Je vais tenter de le décrire avec mes mots, si imparfaits soient-ils pour décrire une telle expérience. Ce n'est pas quelque chose dont je peux parler à tout le monde non plus. Il y a assez de sceptiques dans le monde, je suis bien placé pour le savoir, car j'en étais un moi-même. J'ai confiance en vous et en votre amour. Je sais que même si vous ne me croyez pas, vous ne vous moquerez pas de moi.

Nous sommes tous les deux attentifs à la révélation que Louis va nous faire ; Justine semble déjà avoir une idée de quoi il s'agit. Pour ma part, les idées que je me faisais sur la vie et la mort en ont déjà pris un coup et je m'attends à ce qu'elles soient ébranlées à nouveau.

- Pendant que l'équipe me réanimait, j'ai vu mes parents s'approcher de moi. Ils étaient présents sous forme d'esprits, je ne trouve pas les mots pour vous décrire leur apparence. Ils communiquaient par la pensée et me disaient qu'ils m'aimaient et que je ne devais pas me faire de soucis, qu'ils étaient en paix et qu'ils avaient retrouvé toute la famille qu'ils avaient perdue. Ensuite j'ai vu mes oncles, tantes et grands-parents. Je ne les avais jamais vus auparavant mais je savais que c'était eux. Leur message était le même. Malgré ma surprise, j'ai senti une paix profonde et un sentiment que tout ce que je voyais était normal et dans l'ordre des choses. J'étais soulagé de savoir que ma famille est là et qu'un jour nous serons tous réunis.

Les larmes coulent sur le visage de Louis.

- Ne vous inquiétez pas, ce sont des larmes de joie. J'ai vu aussi vos grands-parents et un jeune homme; Carmen m'a expliqué que c'était André, que Juan et elle l'avaient accueilli et qu'il avait choisi un corps spirituel qui ressemblait à ce qu'il aurait été sur terre. Ils m'ont communiqué un message pour vous : « Ne vous inquiétez pas pour nous, nous vous accueillerons quand l'heure sera venue. En attendant, vivez chaque jour avec amour ».

C'est au tour de Justine et moi de pleurer de bonheur, Louis attend quelques instants avant de reprendre.

- Ensuite un autre esprit apparait, il est très différent, beaucoup plus grand et complètement lumineux. Je sens un amour que je n'ai jamais senti de ma vie. Un amour pur et inconditionnel. Je suis attiré vers cet esprit, je m'abandonne à lui. Je n'ai qu'une envie, c'est qu'il m'emporte avec lui et que je reste avec lui pour toujours. Cette rencontre est intense, cet être de lumière a une puissance d'amour qui dépasse tout, il n'y a plus rien qui existe. Il me demande de faire le bilan de ma vie et m'en montre tous les évènements. Toute ma vie défile devant moi depuis mon enfance jusqu'au présent en un instant, et l'être de lumière y assiste auprès de moi. Il me pose des questions : « Qu'as-tu appris de la vie ? As-tu aimé les autres comme je t'aime ? Est-ce que cela valait la peine ? ». Il n'y a aucune condamnation, rien que de la compréhension. Il veut m'amener sur un chemin d'amour, vers lui en fait car il est amour.

- Et après, que s'est-il passé ? demande Justine.

- J'ai senti que je m'éloignais de l'être de lumière. J'ai essayé de revenir vers lui, en vain. Une force m'attirait vers mon corps physique. Je résistais car je ne voulais pas quitter l'être de lumière, mais il m'a fait comprendre que le temps de mourir n'était pas encore venu pour moi. J'ai regagné mon corps et puis je me suis réveillé après l'opération, avec un souvenir clair et net de ma réanimation et de cette rencontre. Pourtant les deux se sont passé en même temps, c'est comme si j'étais présent à deux endroits en même temps, l'un matériel, l'autre spirituel.

- Qu'en penses-tu ? demande Justine.

- Comme je vous l'ai dit, j'ai écarté l'idée que ça soit une hallucination. D'ailleurs il ne s'agit pas simplement d'avoir vu ces choses, ce qui reste gravé en moi c'est ce que j'ai ressenti. La joie, l'amour et la paix qui émanaient de l'être de lumière ont touché mon âme au plus profond. Le message de l'être de lumière est simple. Il se résume en un seul mot, aimer, avec un grand A. Je ne pourrais pas aimer autant que lui, car il n'est qu'amour mais si je veux être en communion avec lui, il n'y a qu'une chose à faire c'est aimer. Tout le reste n'a pas d'importance. Alors vous comprenez que quoiqu'il arrive maintenant, où que je sois, quoique je fasse, pourvu que je le fasse avec amour c'est tout ce qui m'importe.

Je n'avais jamais entendu Louis parler ainsi. J'ai toujours senti qu'il avait de l'amour pour les autres mais il n'en parlait pas. Je repense à mes grands-parents et mon frère et j'en ai les larmes aux yeux. Si tout ce que Louis a vu, entendu et senti est vrai, nous serons réunis un jour. Je pourrais connaitre ce petit frère dont j'ignorais l'existence jusqu'à il y a peu de temps. J'éprouve de la jalousie, j'aurais aimé être à sa place. Il y a une chose que j'aimerais savoir :

- Le monde où tu étais semble vraiment merveilleux, tu n'as pas de regrets d'être revenu dans le monde des vivants ?

- Au début oui, mais maintenant je me rends compte que j'ai eu une deuxième naissance. Spirituellement, je fais mes premiers pas de bébé. Je suis comme le phénix qui renait de ses cendres. J'ai reçu une deuxième chance et je n'ai pas l'intention de la gâcher, croyez-moi. Je ne sais pas encore ce que je vais faire, mais je ne vais pas laisser le cancer

m'empêcher de profiter pleinement de la vie. Si on m'avait dit
à l'avance que j'allais faire un tel voyage, je ne l'aurais pas
cru. Ça ne correspond en rien à ce que l'on m'a appris et que
j'ai de toute façon rejeté. Je me demande si d'autres
personnes ont vécu cela. Cela me parait étonnant que l'on
n'en parle pas, ou alors c'est que les religions ont fait de la
censure parce que ça ne correspond pas à ce qu'elles
enseignent. L'être de lumière n'est pas là pour envoyer les
âmes au paradis ou en enfer. Il ne laisse rien passer car il a
vu chaque instant de ma vie et il m'a fait ressentir toutes les
émotions que j'avais fait sentir à mes proches. Mais il le fait
avec une miséricorde et une compréhension absolues.

- Le docteur Moody a recueilli des centaines de
témoignages d'expériences de mort imminente similaires à la
tienne et il a écrit plusieurs livres. Ce sont des personnages
de milieux et de croyances très différentes et pourtant leurs
témoignages se recoupent, explique Justine qui semble en
savoir beaucoup sur la question.

- Cela me rassure de savoir que je ne suis pas le seul. Je
suis content que vous m'ayez écouté et que vous ne me
prenez pas pour un fou. Justine, je sais que tu t'intéresses
beaucoup au monde invisible, mais toi Pierre, je suis curieux
de savoir ce que tu ressens. Nous avons partagé depuis
longtemps notre scepticisme et il me semble qu'en rejetant
nos religions respectives nous avons jeté le bébé avec l'eau
du bain.

- Ça serait quelqu'un d'autre, j'aurais des doutes, mais
justement il s'agit d'une expérience qui va à l'encontre de ce
que tu croyais. Donc il n'y a pas de conditionnement
préalable qui aurait pu façonner ce que tu as vu et ressenti.
La voix qui me dit de ne pas croire se fait de plus en plus
petite. Je te remercie d'avoir partagé ton expérience Louis, tu
nous as transportés dans un autre monde. A tel point que
nous avons oublié que tu es en convalescence d'une
opération majeure et que tu as besoin de reprendre des

forces Après ce grand voyage, nous allons te laisser te reposer.

- Oui, tu as raison, mon âme a pris des ailes, mais tant que je suis sur terre, elle est tributaire de mon corps, je dois en prendre soin.

En rentrant chez moi, un message de Guillaume m'attend. « Pierre, cela fait longtemps que je n'ai pas de tes nouvelles. J'espère que ça va et que ta source d'idées s'est remise à couler. Il y a beaucoup de lecteurs qui attendent ton prochain roman avec impatience ». Désolé de vous décevoir chers lecteurs, il va falloir être patient ou trouver un autre auteur. Je n'ai plus la tête à ça, il y a tellement de choses qui se bousculent dans ma tête, mais ce n'est pas avec cela que je vais écrire un autre livre. Les paroles de la dame en noir continuent à me hanter. C'est un puzzle qui est en train de s'assembler. Il y a encore des pièces à trouver et à mettre au bon endroit. Malgré les réponses que j'ai déjà eues, un vide subsiste en moi et il est loin d'être comblé. L'écriture ne peut plus le remplir, il faut que je trouve autre chose. Elle a dit que mon âme était aussi sur une quête, mais je ne sais pas quel est l'objet de cette quête, quelle est cette chose qui est plus précieuse que tous les trésors du monde ? Comblera-t-elle ce vide ? Pour ce qui est de ma peur de la mort, l'aventure que Louis a vécue m'a montré qu'elle n'est pas ce que je crois, comme avait dit la dame en noir.

J'ai perdu ma créativité et j'ai cru perdre la raison, mes idées sur la vie et la mort ont été bousculées. Je ne maitrise plus l'histoire de ma vie, elle est en train de changer de cap pour m'amener là où je ne suis jamais allé. Quand j'écrivais, je dessinais la carte du monde que mes lecteurs allaient découvrir, maintenant c'est moi qui suis dans un nouveau monde et je dois trouver mon chemin par moi-même.

IV

« Ceux qui espèrent en l'Éternel renouvellent leur force. Ils prennent leur envol comme les aigles; ils courent et ne se lassent pas, ils marchent et ne se fatiguent pas »
Livre d'Ésaïe, Chapitre 40, verset 31

Louis est sorti de l'hôpital avec un bilan positif, l'opération est une réussite. Il va avoir un suivi régulier car il n'y a aucune garantie que le cancer ne reviendra pas, auquel cas d'autres traitements seront à envisager. Il dit qu'il s'en moque, il veut profiter pleinement de chaque jour qui lui est donné comme si c'était son dernier. Son énergie et son enthousiasme sont contagieux, j'espère seulement que cela va durer et que le cancer ne va pas revenir à l'attaque. Avant l'opération, Justine et moi allions le voir pour lui remonter le moral, maintenant c'est lui qui nous remonte le moral. Sa rencontre avec l'être de lumière alimente souvent nos conversations.

- Tous les jours je me pose les questions que m'a posées l'être de lumière : « Qu'as-tu fait de ta vie ? As-tu aimé les autres ? ». J'aimerais pouvoir y répondre différemment à ma prochaine rencontre avec lui, car il m'a donné une deuxième chance mais je n'en aurais pas de troisième. Jusqu'à présent, que puis-je dire que j'ai fait pour les autres ?

- Tu as été un excellent oncle pour Justine et moi, ne l'oublie pas.

- Oui mais je suis convaincu que je peux en faire d'avantage avec le temps qu'il me reste, que ce soit un mois ou une décennie. La vie est un cadeau Pierre, je vais en faire quelque chose. Pour commencer, je vais inviter mon frère et ma sœur à déjeuner Dimanche prochain, cela fait trop longtemps que nous ne sommes pas vus. J'ai senti que mes parents étaient tristes que leurs enfants ne soient pas plus proches.

- Ne te sent pas responsable, ils n'ont fait aucun effort pour toi.

- Je fais un pas vers eux et après c'est à eux de faire un pas vers moi, je ne peux pas les forcer.

- Cela ne va pas te fatiguer de faire à manger ?

- Il y a un traiteur Kasher près de la synagogue boulevard Foch, il faudra que je leur montre les emballages et les reçus pour leur prouver que je n'essaie pas de les empoisonner !

Louis a bien du courage, j'espère qu'il ne le regrettera pas.

- Comment s'est passé ton repas avec ton frère et ta sœur ?

- Bien, jusqu'au moment où j'ai parlé d'un sujet qui fâche.

- Lequel ?

- Le sort des palestiniens. J'ai eu le malheur de dire que j'avais honte en tant que Juif du drame humanitaire qui est le blocus de la bande de Gaza. C'est une honte de priver hommes, femmes et enfants des besoins vitaux de première nécessité. Ce sont des innocents qui ont été condamnés pour des crimes qu'ils n'ont pas commis. Les prisonniers en

France sont mieux traités, ils ont accès à des soins médicaux. Les hôpitaux dans la bande de Gaza manquent de tout, les malades meurent faute de médicaments. Mon frère et ma sœur se sont fâchés, ils ont dit qu'Israël est en état de légitime défense, qu'ils subissent régulièrement des attaques provenant de la bande de Gaza. Je leur ai dit qu'ils avaient le droit de penser ce voulaient mais qu'en ce qui me concernait, je n'allais pas être complice d'une non-assistance à personnes en danger et que j'allais agir. Je n'ai pas dit cela pour les fâcher d'avantage, mais avant que je puisse clore la discussion mon frère s'est levé et a déclaré qu'il n'avait plus de frère. Mon beau-frère et ma belle-sœur se sont levés aussi. Ma sœur a éclaté en sanglots et mon beau-frère lui a dit d'arrêter. J'ai essayé de les retenir en disant que nos parents vont être attristés de nous voir ainsi mais cela n'a fait qu'envenimer la situation. Mon frère a dit que je manquais de respect aux défunts et que serai maudit. Tu penses bien que je ne lui ai pas fait part de mon expérience dans l'au-delà.

- Qu'est-ce que tu vas faire maintenant ?

- Pour mon frère et ma sœur, rien. Ils se sont braqués et je ne pense pas qu'ils vont changer d'avis. Mais moi non plus, vois-tu. Quand j'ai dit que j'allais agir, ce n'était pas une parole en l'air. Je ne savais pas encore ce que j'allais faire mais j'ai fait des recherches et il y a un une flottille de bateaux qui va tenter de briser le blocus. Ils vont transporter de l'aide humanitaire et des matériaux de construction pour les Gazaouis. Sais-tu que même les matériaux de construction ne peuvent pas rentrer dans la bande de Gaza ? C'est honteux ! Les Israéliens bombardent Gaza et les habitants ne peuvent rien reconstruire.

- Que vas-tu faire, une donation ?

- Plus que ça, je vais embarquer sur un des bateaux et participer pleinement à cette opération d'aide !

- Ce n'est pas raisonnable, tu es en convalescence, il faut que tu te reposes, et as-tu songé aux risques ? Tu viens de subir une opération qui t'as sauvé la vie et tu vas la mettre en danger !

- Ma vie n'a de sens que si je la vis avec amour. C'est un geste d'amour que je fais et c'est concret. Ce n'est pas suffisant de dire « Je vous aime et je suis solidaire avec vous ». N'importe qui peut prononcer des belles paroles, mais il faut que cette parole s'accomplisse. La flottille ne part que dans un mois, d'ici-là, je serai hors de danger.

- J'aimerais bien partager ton optimisme.

- Moi aussi j'aimerais le partager avec toi. Il y a un feu qui brule en moi, une lumière qui brille et cette lumière est faite pour éclairer le monde, pas pour être cachée. En parlant de lumière, j'espère que tu ne me prends pas pour un illuminé !

Louis a un éclat dans les yeux, il est animé d'une passion intense qui n'a rien à voir avec la passion pour les livres avec laquelle je l'ai toujours connu. Aimer les livres ne présente pas de risques. Que peut-il arriver dans un fauteuil ? Lire, c'est vivre une aventure par procuration, rien ne peut nous arriver. Cela nous fait ressentir les émotions que l'auteur a parsemées dans son récit. Nous pouvons rire ou avoir peur, mais nous avons la liberté d'arrêter à tout moment. Cela est passionnant, mais c'est autre chose de vivre une aventure et d'éprouver des émotions dans la vraie vie. Cela demande d'investir tout son esprit et tout son corps. C'est ce que Louis est en train de vivre.

- Non, je crois que ton voyage dans l'au-delà a transformé ton regard sur la vie ; c'est comme si tu voulais rattraper le temps perdu et vivre à fond.

- Le temps ne se rattrape jamais, mais chaque jour nous avons la possibilité de prendre un nouveau départ, sans regretter le passé ni craindre le lendemain. A partir de maintenant je vais vivre dans l'instant présent et le vivre le mieux possible.

- Tu parais très déterminé, loin de moi de vouloir te dissuader de te lancer dans cette aventure. Je te demande seulement en tant qu'ami de bien considérer les risques que tu encours.

- J'apprécie ta sollicitude, mais rassures toi, je ne suis pas devenu un kamikaze, je souhaite simplement faire ce que je peux pour alléger la souffrance de ces innocents. Je ne me fais pas d'illusions, ce n'est pas moi qui va trouver la solution pour la paix au Proche-Orient. Tu vois, ils doivent voir le peuple Juif comme leur ennemi et éprouver beaucoup de colère et de haine. S'ils voient que parmi ceux qui leur viennent en aide, il y a un Juif, cela leur donnera un point de vue différent.

Les bonnes intentions, Louis en a à revendre, mais ce n'est pas ça qui le sauvera. La dispute avec son frère et sa sœur a décuplé sa détermination, mais il y a surtout le sens de l'injustice. Ce sens est quelque chose que nous avons tous mais chacun se positionne différemment. Combien de fois en tant qu'enfant as-t-on dit « c'est pas juste ! ». À l'âge adulte, il y en a qui sont fatalistes, d'autres qui emploient toute leur énergie à ne pas faire partie des lésés et encore d'autres qui agissent. Louis est passé d'un résigné à un acteur ; quant à moi, tant que je pouvais résoudre les injustices à travers mes livres j'étais heureux mais maintenant c'est fini.

Justine se fait autant de souci que moi, mais elle a une autre idée.

- Si on ne peut pas le dissuader, il n'y a qu'une chose à faire.

- Laquelle ?

- Tu vas l'accompagner bien sûr !

- Mais c'est dangereux, je suis trop jeune pour y laisser ma peau !

- Égoïste, ça ne te gêne pas de laisser notre meilleur ami affronter les dangers tout seul !

- Mais il ne sera pas tout seul, il y aura toute une équipe.

- Tu crois qu'ils vont s'occuper de Louis ? Je parie qu'il ne va pas leur dire qu'il est malade de peur qu'ils ne le prennent pas. Ça te fera une belle aventure, de quoi raviver ton inspiration, tu verras.

Devant de tels arguments, je capitule. Si j'avais refusé, je m'en serais voulu toute la vie, sans parler des récriminations de Justine. Elle est très persuasive ma grande sœur, mais je ne lui en veux pas.

L'air d'Athènes est irrespirable et la chaleur est écrasante, cela ne donne pas envie de s'y attarder. Louis a aurait voulu avoir plus de temps pour découvrir le « berceau de la civilisation occidentale et de la démocratie ». Nous avons juste le temps de visiter l'Acropole avant de nous rendre au port du Pirée en prenant le tramway. La ligne de tramway a été construite pour les jeux olympiques, mais les tramways n'ont pas priorité sur le reste de la circulation donc le trajet de douze kilomètres prend presque une heure. Nous avons tous les deux un sac à dos. Le mien est rempli de nos habits, Louis a rempli le sien de cahiers et autres fournitures scolaires destinés aux écoliers de Gaza. Avec nos chapeaux, nos lunettes de soleil et nos appareils photo, nous ressemblons à deux touristes. Nous avons reçu des consignes strictes de tout faire pour passer inaperçus et de ne parler à personne du but de notre visite. Le gouvernement grec préfère ne rien savoir pour éviter un incident diplomatique avec Israël. Sachant que le Mossad a des agents partout, il faut se méfier de tout le monde. Ils seraient capable de saboter le bateau, voir même de le faire couler, selon Cathy qui a organisé notre voyage. Elle dirige l'antenne parisienne de l'association Liberté pour Gaza, à qui appartient l'Eleftheria, un navire de passagers grec dont le nom signifie liberté. Nous avons dû remplir un questionnaire détaillé sur notre motivation, nos opinions sur la situation en Palestine, notre famille et notre parcours professionnel. « On ne peut jamais être trop prudent, a-t-elle affirmé, nous avons dû annuler notre dernier voyage lorsque nous avons découvert un des passagers fouillant dans ma cabine. Nous n'avons pas pu le prouver mais tout laisse penser que c'était un espion du Mossad. Pourtant il avait l'air aussi innocent que vous deux ». Louis a trouvé cela très excitant, une bonne inspiration pour un roman d'espionnage. Je me suis demandé plusieurs fois dans quoi je me suis embarqué. Maintenant que nous y sommes, je préfère ne plus me poser de questions, mais je ne suis pas rassuré. Nous avons dû mentir à mes parents pour ne pas qu'ils s'inquiètent, ils croient que Louis et moi faisons une croisière autour des iles Grecques. Au retour nous achèterons quelques souvenirs à leur ramener. Il est seize heures, nous avons rendez-vous avec Cathy à la taverne Poséidon à vingt heures.

Nous avons assez de temps pour visiter le musée maritime Hellénique, selon Louis. J'ai émis une condition, c'est de faire une pause à un café pour nous désaltérer avant d'y aller. Le port est immense et encore plus bruyant et agité qu'Athènes, j'ai hâte de quitter ce lieu. Nous entendons des cris venant de l'un des terminaux de ferry. Un couple de Canadiens nous explique que les marins font grève pour protester contre des mesures d'austérité introduites par le premier ministre. Les grévistes empêchent les vacanciers à destination des iles d'embarquer sur les ferries, mais ils ne se laissent pas faire. Ils n'acceptent pas d'être privés de vacances et tentent de passer à travers les barrières que les grévistes ont érigées. La police portuaire regarde cet affrontement verbal sans intervenir pour ne pas mettre de l'huile sur le feu. Quand la situation dégénère et que les protagonistes en viennent aux mains, la réaction de la police ne se fait pas attendre et bientôt une dizaine de personnes sont embarquées dans des fourgons. S'ils réagissent ainsi, c'est qu'ils ont vraiment besoin de vacances, remarque Louis. Il ne renonce pas à visiter le musée et me propose de l'attendre au café, ce que j'aurais fait volontiers, mais je ne veux pas le lâcher d'une semelle. J'ai trop peur qu'il lui arrive quelque chose, je me sens responsable de lui. Impossible de le convaincre de se ménager, Il oublie qu'il vient de subir une opération qui a failli être fatale et veut croquer la vie à pleines dents.

Après la visite du musée où nous avons vu une collection hétéroclite d'objets maritimes allant de l'antiquité au yacht d'Onassis en passant par des maquettes de bateaux sculptées dans des os, nous allons à la recherche de la taverne Poséidon. Elle est au bord de la marina Zea où se trouvent de magnifiques yachts et s'avère être typiquement touristique, avec des menus en Anglais, Français et Allemand. Tout à fait approprié aux rôles de touristes que nous jouons avec conviction, à tel point qu'il m'est arrivé d'oublier le but de notre visite en Grèce. Cathy est assise à une table avec les deux touristes Canadiens que nous avons vu tout-à-l'heure.

- Louis et Pierre, je vous présente Claire et Alain, dit Cathy.

- Oui, nous nous sommes déjà croisés cet après-midi, répond Louis, nous étions loin de nous douter que vous étiez des nôtres.

- Nous aussi, réplique Alain.

- C'est parfait et la grève des marins focalise toutes les attentions, ce qui nous arrange. Restez sur vos gardes jusqu'à que vous soyez sur la bateau. Nous allons prendre le menu touristique et ensuite nous irons ensemble à l'Eleftheria.

- Quand le départ est-il prévu ? demande Claire.

- Nous partirons juste avant l'aube pour ne pas être bloqués, au cas où la grève se durcisse et que les marins empêchent tous les bateaux de partir. Nous parlerons plus demain sur le bateau, en attendant faites comme tout le monde et mangez, la moussaka est délicieuse ici.

En effet, le repas est assez bon, il y a une bonne ambiance, de la musique et des danses folkloriques. En bons touristes, nous nous joignons aux autres pour danser le Sirtaki et casser des assiettes.

En chemin pour le bateau, Cathy se retourne de temps en temps pour s'assurer que nous ne sommes pas suivis. Elle nous amène directement à notre cabine et nous demande d'éteindre le plus vite possible. Après cette longue journée, je suis content de m'allonger enfin et le sommeil arrive tout de suite.

Il est onze heures, Louis, Claire et Alain se sont déjà levés. Je regarde par le hublot, nous sommes en pleine mer. Je sors de la cabine et croise quelques passagers qui me saluent en Anglais. J'ai toujours pensé que la connaissance de l'Anglais me serait utile, je vais enfin pouvoir la mettre en application. Après avoir fait fausse route trois fois, j'arrive enfin sur le pont principal où je retrouve enfin Louis, Claire et Alain.

- Alors, tu fais la grasse matinée ? demande Louis.
- Doucement, on n'est pas à la pièce !
- Tu t'es levé à temps, John va faire un briefing à midi. Il est un des organisateurs de la flottille et nous donnera plus de détails sur le programme.

- Bienvenue camarades et merci de tout cœur d'être parmi nous. Votre participation nous est précieuse, et quand je dis « nous », je veux dire l'association liberté pour Gaza ainsi que bien entendu les opprimés à qui nous venons en aide. Il y a aussi tous ceux qui ne sont pas présents ici, mais qui soutiennent nos efforts avec leurs dons de temps et d'argent.

John pause et regarde autour de l'assemblée réunie dans la salle à manger. Il est avocat à New York, mais avec ses cheveux longs, sa barbe, son jean délavé et son T-shirt, on ne pourrait pas le deviner.

- Vous venez de trente pays différents, ce qui montre bien à quel point le sort des Gazaouis a une résonnance mondiale. Nous allons rejoindre le reste de la flottille à Chypre où nous arriverons après-demain; il y a un autre bateau de passagers qui lui est parti d'Istanbul, un navire transportant des équipements médicaux et un autre transportant des matériaux de construction. Dès que la flottille sera au complet, nous lèverons l'ancre, direction Gaza. Cet après-midi sera consacré à la constitution des équipes et à une formation sur les consignes de sécurité. Comme vous le savez, la bande de Gaza est un territoire assiégé et nous allons tout faire pour limiter les risques auxquels vous allez être exposés. Nous nous réunirons à nouveau la veille de notre arrivée pour plus d'informations. Sur ce, je vous souhaite un bon appétit.

J'ai su dès le départ que nous allions mettre nos vies en danger, mais c'est du réel maintenant, plus question de reculer.

Ma jeunesse et ma bonne santé font de moi un candidat idéal pour l'équipe de construction d'une école, même si j'ai aucune notion de travaux de bâtiments, ni la force physique qui va avec. C'est dommage qu'il n'y ait pas de poste de professeur de Français à pourvoir. Le chef d'équipe, Hans, est chef de chantier et il compte régner sur sa troupe avec une main de fer. Nous allons travailler sur un terrain de guerre, donc une discipline quasi militaire est une nécessité, selon lui. Il possède une expérience sur le terrain, ayant aussi travaillé en Irak et Afghanistan. Par sécurité, nous lui devons obéissance. « Qu'allez-vous faire en cas de tir de mortier ? », nous demande-t-il, avant de nous expliquer la marche à suivre. Le lendemain, nous suivrons une formation accélérée de secouriste pour venir en aide aux malheureux que les mortiers n'auront pas ratés. Je retrouve Louis pour le diner, légèrement dépité.

- C'est comme à l'armée ici.

- Sauf que tu n'es pas là pour tuer mais pour aider, répond Louis.

- Dans quelle équipe es-tu ?

- Je vais être aide-instituteur ; en attendant que l'école soit reconstruite, les cours auront lieu dans des tentes.

- Mon équipe fera en sorte que cela ne dure pas trop longtemps.

- Bravo Pierre, tu te diversifie !
- Si un jour on m'avait dit que je me retrouverais à construire une école sous les tirs de mortiers, je ne l'aurais jamais cru.
- La vie est pleine de surprises, il y a un mois je me voyais déjà dans un cercueil.
- J'espère que ce n'est pas comme ça que nous quitterons ce pays.
- Toujours optimiste, à ce que je vois.
- J'essaie de penser à toutes les éventualités.
- De quoi t'inspirer à reprendre la plume ?
- C'est ce que Justine a dit, mais je verrai bien.

Arrivé au port de Limassol à Chypre, nous retrouvons le reste de la flottille. Il ne manquait plus que nous, l'escale va être courte. De nouveau en mer, il y a une excitation palpable à bord de l'Eleftheria, nous approchons du but et les membres des équipes commencent à se connaitre. Nous avons hâte d'arriver, de décharger nos cargaisons et de nous mettre au travail. Dans notre cas, ce sont surtout des denrées alimentaires, des fournitures scolaires et des vêtements. Je ne peux pas être le seul à avoir de l'appréhension, mais si les autres ont peur ils ne le montrent pas. Ce que nous faisons est illégal, mais je ne sais pas quelles peuvent être les conséquences de nos actes. Que peuvent faire les autorités Israéliennes, nous capturer et nous mettre en prison ? Il y a parmi nous plusieurs journalistes qui sont prêts à diffuser au monde entier les détails de notre mission. Ils commenceront à le faire dès notre arrivée, mais pas avant, pour que nous gardions l'effet de surprise. Ils disposent de petites paraboles pour communiquer avec le reste du monde par satellite. Ces journalistes sont indépendants, car les organisateurs ont fait le choix d'utiliser des sites Internet pour la diffusion des reportages. S'ils passaient par des journaux où des chaines de télévision, ces derniers pourraient subir des pressions pour maquiller, voir même cacher une vérité qui embarrasserait Israël. Cathy nous a fait comprendre avant notre départ que cette action humanitaire a une dimension politique qui fait que de nombreuses organisations ont fait le choix de ne pas s'y impliquer par souci de neutralité.

Deux jours après, nous arrivons au large de la côte de Gaza et le navire s'arrête, car il va rentrer dans la zone interdite pendant la nuit. Le capitaine donne l'ordre d'éteindre toutes les lumières et tous les appareils de communication. La seule lumière est celle de la pleine lune, le seul bruit est le ronron du moteur. Tous les passagers sont sur le pont principal, prêts à toute éventualité. Le navire avance doucement.

Nous devinons à peine la côte, les villages de pêcheurs n'ont pas d'essence pour faire fonctionner leurs générateurs, ils sont plongés dans le noir dès qu'il fait nuit.

Soudain, nous entendons un sifflement, puis une explosion. Le bateau a été touché à l'arrière par un missile et prend feu. Les chefs d'équipe ne paniquent pas, comme s'ils s'y attendaient, et donnent l'ordre de monter dans les bateaux de sauvetage. Juste avant que je monte avec Louis, le navire est frappé à nouveau. Je suis frappé à la tête, et ma vie défile devant moi en un éclair avant que je perde connaissance.

J'ouvre les yeux, tout est flou, j'entends un chant au loin. Ou suis-je, est-ce le paradis où l'enfer ? Où est l'être de lumière ? Ça doit être l'enfer, c'est sûr, j'ai un mal de tête épouvantable. Je me relève doucement, je vois que je suis dans une petite pièce. J'essaie d'appeler, mais j'ai du mal à parler. Un homme hirsute entre et me parle dans une langue que je ne comprends pas. Est-ce Lucifer ? Il n'a pourtant pas l'air bien méchant. Il sort et j'entends qu'il parle à quelqu'un d'autre. Mes yeux commencent à j'ajuster et ma vision est moins floue. Je reconnais Louis qui entre et me sourit.

- Louis, es-tu mort toi aussi ?
- ... ?
- Louis, où sommes-nous ?
- Rassure-toi, Pierre, nous sommes dans la maison de Yasser.
- Mais que s'est-il passé ?
- Tu as reçu un éclat sur la tête qui ta assommé et nous t'avons mis dans le bateau de sauvetage. Yves a fait un bandage avec son T-shirt pour éviter une hémorragie, il est médecin donc il a su quoi faire. Il t'a examiné ce matin et m'a rassuré sur ton sort. Arrivés à terre, nous avons été accueillis par les habitants du village et nous avons été répartis dans leurs maisons. Ils ont tout de suite détruit le bateau de sauvetage pour ne pas laisser de traces. Ils veulent faire croire aux autorités qu'il n'y a eu aucun survivant.
- Et les autres bateaux ?
- Pour l'instant, on n'a pas de nouvelles. Il se peut qu'ils aient échoué plus loin sur la côte.
- Et le reste de la flottille ?
- Nous étions en tête du cortège, j'ose espérer qu'ils ont vite fait demi-tour
- Tu crois que nous sommes en sécurité ici ?
- Les villageois vont nous cacher le temps qu'il faudra. Les Israéliens ne s'aventurent pas ici, mais il faut rester prudent et ne pas se faire remarquer. Ils ont des moyens de surveillance très sophistiqués, satellites, caméras infrarouges, ils ne lésinent pas sur les moyens.
- Effectivement, s'ils tirent sur un navire de civils !
- Nous sommes rentrés dans une zone interdite et j'ai cru comprendre qu'ils nous ont sommés de rebrousser chemin, mais le capitaine n'a pas pensé une minute qu'ils mettraient leurs menaces à exécution.
- Mais tu te rends compte, nous avons faillis mourir !

- Oui, en effet, c'est le don ultime, donner sa vie pour ceux que l'on aime.

- Ça sert à quoi à ton avis ? En quoi notre mort éventuelle et celle des autres passagers de l'Eleftheria va aider ces villageois qui de toute façon n'avaient rien demandé ?

- Ce qui importe, c'est ce qu'il y a dans ton cœur. Tout acte d'amour n'est jamais perdu, crois-moi. Si tu avais vu leur regard de gratitude, tu comprendrais. Nous leur avons fait un don inestimable en venant ici et en risquant notre vie pour eux.

- Donc si je résume notre situation, nous sommes en situation illégale dans un pays en guerre et nous devons rester cachés car l'armée Israélienne a essayé de nous éliminer et si elle s'aperçoit qu'elle n'est pas arrivée à ses fins, elle nous cherchera pour pouvoir nous achever. Bienvenue en enfer !

- Ce n'est pas aussi noir que tu ne le penses ; les choses vont s'arranger, aie confiance. Essaie de ne pas te mettre dans tous tes états. Il faut que tu te reposes.

C'est vrai que j'en ai besoin du repos, mais cela va être dur dans cette situation. Je n'ai jamais été dans un tel état d'insécurité. La crise de panique que j'ai eue avec la page blanche était un pique-nique par rapport à ça. Malgré cela, la chaleur et la fatigue me font replonger dans le sommeil.

Au réveil, je me sens mieux, mais pas assez pour affronter d'autres explosions. Quelle ironie, je suis venue pour m'occuper de Louis et il va très bien, c'est plutôt moi qui a besoin d'attention. Je me lève et me dégourdis les jambes. J'entends le même chant que j'avais entendu en me réveillant et me rends compte que c'est l'appel à la prière. Dans la pièce à côté, Yasser déroule un petit tapis par terre et se prosterne dessus. Je reste en retrait et ferme mes yeux pour accompagner sa prière de mes pensées. Cet homme qui vit dans la pauvreté et la répression, comment est le Dieu auquel il croit ? Est-il bienveillant, triste de voir ses créatures souffrir ou est-il en train de comptabiliser les manquements et les bonnes actions de chacun pour décider qui ira en enfer où au paradis ? L'être de lumière que Louis a vu n'avait que de l'amour et de la compassion, était-ce Dieu lui-même ? La foi peut régir une vie autant que la vie peut façonner notre foi, selon notre milieu et les épreuves auxquelles nous sommes confrontés. Les parents de Louis ont pensé que Dieu ne pouvait pas exister, mais la plupart des rescapés de la Shoah ont gardé leur foi. Quand je rouvre les yeux, Yasser me regarde en souriant et m'invite à m'asseoir pendant qu'il fait chauffer de l'eau sur son poêle. Le thé est un symbole d'amitié et de partage, et la pause thé est aussi importante que celle de la prière. Le sifflement de l'eau dans la bouilloire nous appelle, tel le chant du muezzin. Nous avons été conseillés d'éviter de boire de l'eau non bouillie en raison des risques de maladie. Le thé est ainsi le moyen le plus sûr de se désaltérer. La femme et les enfants de Yasser arrivent et me saluent. J'utilise les quelques mots d'Arabe que j'ai appris sur l'Eleftheria, salam (bonjour), chokram (merci), kayfa al'hal (ça va ?) et ça leur plait beaucoup.

- Comment vas-tu, Lazare ? me demande Alain.

- J'ai bien cru vivre mes derniers jours, mais on n'a pas voulu de moi là-haut, donc je purge ma peine ici. Qu'avez-vous fait de votre journée ?

- Nous n'avons pas eu le temps de faire du tourisme, me répond Louis, nous avons accompagné Yves dans sa tournée. Il ne peut pas faire grand-chose sans matériel ni médicaments mais Khaled, le voisin de Yasser, a rassemblé quelques pêcheurs pour voir ce qu'ils peuvent récupérer de l'Eleftheria. C'est un gros risque car l'épave se trouve certainement au-delà de la limite de pêche et l'armée Israélienne n'hésite pas à tirer sur les pêcheurs pour faire respecter cette limite.

- C'est pire ce que je pouvais imaginer, rajoute Claire, les enfants sont dans un état de malnutrition avancée. Ils suivent leurs cours sans aucun livre ni fourniture scolaire. Ils vivent dans la peur et sans aucune perspective d'avenir.

Nous sommes assis autour d'un grand feu, une fête de bienvenue pour nous se prépare, les villageois veulent aussi remercier Allah que nous soyons en vie. Les femmes préparent de la soupe aux poissons dans une grande marmite. Le boulanger a préparé du pain pour l'occasion. Qu'une chose aussi simple et fondamentale que le pain soit réservée pour les fêtes montre à quel point la situation est critique. Non seulement ils manquent de blé, mais la minoterie la plus proche a été détruite dans les bombardements et les camions d'aide humanitaire transportant de la nourriture sont parfois bloqués par les douaniers Israéliens. Les contrebandiers utilisent les tunnels entre l'Egypte et Gaza pour passer des denrées alimentaires et les revendre à des prix exorbitants. Mais même si cela nous gêne d'accepter que les villageois nous donne le peu qu'ils ont, il est hors de question de refuser, ce serait un affront à leur hospitalité. Nous sommes treize rescapés au total, pourvu que cela ne nous porte pas malheur, ce n'est pas le moment de devenir superstitieux. Il y a Hans que je connaissais déjà, Edward, Carlos, Luigi, Kate et Paul les journalistes, Inge qui est député au Bundestag allemand et Henning, un auteur suédois.

Les villageois sont tous là, hommes femmes et enfants, jeunes et vieux. Chacun vient nous dire « Chokram » ou « Thank you ». Khaled est celui qui parle le mieux l'Anglais et il s'adresse à toute l'assemblée en Anglais et en Arabe.

- Bienvenue dans notre humble village, frères et sœurs, et merci de tout notre cœur pour votre geste de solidarité. Vous avez du courage et de l'amour dans votre cœur, qu'Allah le très-miséricordieux vous bénisse vous et toute votre famille. Notre village est votre village et nous vous protégerons quoiqu'il arrive. N'ayez crainte, Allah veille sur vous et ne vous laissera pas tomber. Qu'Il vous guide et vous guérisse.

Hans prend la parole il dit que c'est un honneur de pouvoir les aider et il remercie tout le village pour son hospitalité.

Les femmes nous donnent un bol de soupe et de pain et nous font signe et de manger sans attendre que tout le monde soit servi. Après le repas, les hommes entonnent une première mélopée ; elle est triste, mais la seconde est plutôt joyeuse. Henning, qui connait bien l'Arabe nous les traduit. Elles ont pour sujet des thèmes universels, tels que la peine d'un cœur brisé et la joie des retrouvailles.

La journée du lendemain passe lentement ; nous tentons de nous rendre utile, mais sans toutes les fournitures que nous avions apportées, nos possibilités sont limitées. Les villageois sont contents d'avoir notre compagnie. Beaucoup d'entre eux n'ont pas de travail ou pas assez pour vivre. Les pêcheurs rentrent tôt car la zone de pêche autorisée est peu poissonneuse et ne contient que des petits poissons. J'utilise le petit appareil photo que Justine m'avait offert pour photographier les enfants et le village. Khaled m'explique que leur village a été épargné des tirs d'Israël, comme la plupart des villages côtiers. La destruction est accentuée lorsque l'on s'approche de la frontière avec Israël et dans les villes. Il nous annonce une bonne nouvelle, les passagers de deux autres bateaux de sauvetage ont été accueillis dans un village à cinq kilomètres d'ici. Je profite de cette journée d'inactivité pour poser des questions à Khaled sur sa religion. L'idée que l'on puisse tuer au nom de la religion l'horrifie autant que moi.

- Ceux qui tuent au nom de l'Islam sont aveuglés par la haine et la colère. Certes, les Israéliens nous ont fait du tort, mais si nous répliquons au mal par le mal, il n'y aura jamais de paix. Les enseignements de l'Islam nous ont été donnés pour accomplir le bien, la justice, la vérité et la paix et adorer Allah. L'Islam est la religion de la miséricorde et les musulmans sont amenés à ressentir de l'amour les uns envers les autres. La miséricorde est une grande qualité qu'Allah a donnée aux bienheureux. Que nos prières montent vers Lui pour qu'il nous accorde le don de la paix et la réconciliation des cœurs et des esprits, c'est ça le plus important. Juifs, musulmans et chrétiens se sont entre-tués et certains continuent à le faire, mais ils sont tous enfants d'Abraham, ils ont reçu l'interdiction de tuer et le commandement d'aimer son prochain comme soi-même. Ne l'oublie jamais, Pierre, Il n'y a qu'un seul Dieu, qu'on l'appelle Yahvé, Allah ou Dieu. Le Dieu que tu pries est le même Dieu que Louis ou moi prions.

- Pour l'instant, Khaled, la religion ce n'est pas pour moi.

- Ne jette pas la pierre aux religions, ce ne sont pas elles qui sont mauvaises, ce sont les hommes. Elles sont faites pour relier les hommes entre eux et avec Dieu. Si chaque homme appliquait les règles de sa religion, il n'y aurait plus de guerre, la paix et l'harmonie régneraient sur terre.

- Il y a peu d'hommes qui pensent comme toi.

- Je ne peux pas parler ainsi avec les villageois, ils ne comprendraient pas. Pour eux la seule vraie religion est l'Islam, tous les autres croyants sont des infidèles.

Louis et moi sommes à peine couchés, que Khaled entre dans notre chambre avec une torche.

- Prenez vos affaires, il faut que vous partiez au plus vite !

- Mais qu'est-ce qui se passe, Khaled ?

- Une trahison ! Le Hamas a appris que nous vous hébergions, et quand ils ont su que Louis est Juif, ils ont pensé qu'il ferait une bonne monnaie d'échange pour pourvoir libérer l'un des leurs des geôles d'Israël. Ils vont venir demain à l'aube pour vous prendre en otage.

- Où pouvons-nous nous cacher ?

- Il faut fuir la Palestine, ils pourront vous retrouver où que vous soyez, ils ont des agents partout !

- Mais comment ?

- Je vais vous emmener dans un tunnel de contrebandiers pour rejoindre l'Egypte. J'ai un cousin au sud, à Charm el-

Cheik. Vous serez en sécurité. Dépêchez-vous, il n'y a pas de temps à perdre.

Nous suivons Khaled, mais nous devons nous arrêter plusieurs fois pour Louis ; il n'a pas parlé de son état de santé à qui que ce soit, il a oublié lui-même qu'il était en rémission et censé donner du temps à son corps pour récupérer. Ce ne sont pas exactement des conditions idéales pour une convalescence et aujourd'hui, son corps le rappelle à l'ordre. Pendant que louis reprend son souffle, j'explique à Khaled que Louis a vaincu une bataille contre le cancer, mais qu'il ne sait pas s'il a gagné la guerre.

L'entrée du tunnel est bien cachée, Khaled pense que le Hamas n'en soupçonne pas l'existence, car ils ont leurs propres tunnels. Il est très étroit et nous devons marcher en file indienne. L'air est rare et notre marche est lente. Khaled est persuadé que nous sommes en sécurité ici, mais je ne serai rassuré que lorsque nous serons de l'autre côté de la frontière. Je crains pour la santé de Louis, les aventures des trois derniers jours ont été éprouvantes pour nous tous, mais pour lui plus particulièrement, bien qu'il ne veuille pas l'admettre. Nous nous arrêtons souvent et perdons la notion du temps. La sortie du tunnel est à l'intérieur d'une maison, un homme nous souhaite la bienvenue, nullement étonné de nous voir débarquer chez lui. Il est sept heures du matin et nous sommes exténués. L'homme, qui s'appelle Hamdan, nous sert du thé et des dattes pendant que Khaled part à la recherche d'une voiture pour aller chez son cousin. Une heure après il revient au volant d'une vieille quatre-quatre.

- Rassurez-vous, les routes du Sinaï sont goudronnées ; allons-y, j'ai fait le plein d'essence, d'eau et de quoi manger. Nous arriverons à Charm el-Cheik avant la nuit tombée, Inch' Allah.

- Khaled, comment allons-nous pouvoir te remercier pour tout ce que tu fais pour nous ?

- N'en parlez plus, vous êtes venus jusqu'ici pour aider mon peuple, c'est la moindre des choses.

J'ai du mal à rester éveillé, Khaled conduit pour la première partie avant que je prenne le relais pour qu'il puisse dormir à son tour. Pendant des millénaires, des caravanes de chameaux ont parcouru le même chemin. Aujourd'hui le désert ne se traverse plus en semaines mais en heures. L'or noir a profondément bouleversé la vie de l'homme, qui n'imagine pas ce que serait sa vie sans lui. Un jour il devra s'adapter à une nouvelle vie sans pétrole. La plupart des hommes vivent au jour le jour et n'y pensent pas, mais certains envisagent déjà des alternatives. L'énergie électrique n'est pas encore assez efficace, utiliser des matières végétales pour fabriquer des carburants quand le monde ne mange pas à sa faim n'est pas une solution viable non plus. L'homme a toujours su s'adapter, là n'est pas le problème, mais il ne mesure jamais les conséquences de ses actes avant qu'il soit trop tard pour revenir en arrière.

Nous laissons Louis dormir, il en a bien besoin. Quand je fais la remarque à Khaled que le paysage me fait penser à la surface de la lune, il m'explique que le mot Sinaï vient du nom du dieu de la lune, Sin, qui était vénéré ici, avec Shamash le dieu soleil et Ishtar la déesse Vénus. En fin d'après-midi nous arrivons à Charm el-Cheick où nous sommes accueillis chaleureusement par Samir, le cousin de Khaled. Il habite dans une belle maison, dans le quartier de Habada. Depuis que le port de pêche de Charm el-Cheick s'est transformé en station balnéaire, le tourisme est devenu la principale activité et quand un des hôtels cherchait du personnel, Samir a saisi cette opportunité. Il a gravi les échelons pour devenir gérant et il a un train de vie que beaucoup pourraient envier. Khaled n'en n'est pas jaloux, il est fidèle à son pays et sa famille. « Nous n'avons pas les même valeurs mais nous nous entendons très bien », m'a-t-il confié.

- Vous avez besoin de vacances mes frères. Je vais vous donner des bracelets qui vous donnerons accès à tous les services de l'hôtel : il y a une piscine magnifique, des excursions, des activités sportives, tout y est.

Louis et moi n'avons qu'une envie, c'est de rentrer chez nous, mais nous ne songeons pas à refuser son hospitalité. Nous ne savons pas encore comment nous allons faire pour rentrer, mais nous ne voulons pas abuser, d'autant plus que Khaled ne veux pas rentrer chez lui avant de nous avoir mis sur l'avion du retour.

Quand Samir apprend que Louis est libraire et moi écrivain, il nous propose de nous emmener au monastère de Sainte-Catherine après-demain.

Justine est à la fois horrifiée et soulagée du récit que je lui fais de nos aventures.

- Dieu merci, vous êtes encore en vie, votre ange gardien a fait du bon travail. Mais il n'y a eu aucune nouvelle du naufrage ici, sinon je me serais fait un souci monstre.

- Les autorités Israéliennes ont veillé à ça jusqu'à maintenant, mais elles ne pourront pas étouffer la vérité indéfiniment.

- Comment allez-vous rentrer ?

- Dès que Louis aura reçu l'argent qu'il s'est fait transférer, nous prendrons des billets pour le retour. En attendant, notre hôte s'occupe très bien de nous.

- Et comment va Louis ?

- Il est fatigué, ce qui n'est pas étonnant.

- J'espère que ce n'est que de la fatigue et rien d'autre.

- Je le pousserai à aller voir son docteur dès notre retour.

- Faites attention à vous, je veux vous revoir en un seul morceau. Ce n'est pas la région la plus calme au monde, il y a déjà eux des attentats.

- T'inquiète pas, nous éviterons les terroristes !

Khaled est heureux de cette occasion de voir le Mont Sinaï, ou Djebel Moussa (montagne de Moïse) dans sa langue, au pied duquel se trouve le monastère.

- C'est là que Moïse a reçu les dix commandements. Il est un prophète très important pour nous musulmans car il a prêché la crainte et l'obéissance au dieu unique Allah. Il a reçu le privilège de parler et d'entendre Allah qui lui a donné les dix commandements. C'est un message de paix et d'amour universel pour tous les hommes.

La France se veut laïque, mais la tradition judéo-chrétienne fait partie de son patrimoine. Nous pouvons choisir de croire à l'histoire de Moïse ou non mais certains des dix commandements font partie des lois de notre pays. « Tu ne tueras point » par exemple, est une loi fondamentale. Notre langue aussi est imprégnée par la Bible qui nous a donné un bon nombre d'expressions. Le jardin d'Éden, le bouc émissaire, le fils prodigue, le bon Samaritain entre autres. Que l'on soit croyant ou pas, on les utilise sans penser à leur origine.

Quel édifice étonnant ! En plein milieu d'un désert inhospitalier en terre d'Islam se trouve ce monastère qui a abrité les premiers chrétiens d'Orient fuyant les persécutions. C'est une forteresse avec des murailles de plus de deux mètres d'épaisseur et de dix mètres de hauteur. En dehors de l'enceinte, un jardin a été aménagé avec des arbres fruitiers et un jardin potager. Il y a des oliviers, des citronniers, des abricotiers, des vignes, des plants de tomates et des légumes. D'où vient l'eau qui a permis les moines de s'installer ici ? Khaled me répond qu'il y a une source souterraine appelée la fontaine de Moïse qui ne s'est jamais tarie. En amoureux des montagnes, j'avais demandé à Samir s'il était possible de faire l'ascension du mont Moïse. Nous sommes donc partis très tôt pour pouvoir le faire avant qu'il ne fasse trop chaud. Khaled m'accompagne pendant que Louis visite le monastère en compagnie de Samir. Nous empruntons le Sikket Sayidna

Musa, Chemin de Notre Seigneur Moïse, qui est fait de marches taillées dans la roche. Il y a quelques chapelles sur le bord du sentier, bâties pour permettre aux croyants de se recueillir. Nous montons en silence, chacun dans ses pensées. Je me demande pourquoi les religions monothéistes ont vu le jour dans ces contrées. Avec le cynisme que j'avais avant, j'aurais dit que le soleil avait tapé sur la tête des prophètes et de leurs disciples et qu'ils avaient eu des hallucinations. Mais j'ai une sensation de paix et de sécurité dans ce désert, comme si j'étais protégé et rien de mal ne pouvait m'arriver. Pourtant c'est un environnement hostile où la vie ne tient qu'à un fil, la moindre erreur ne pardonne pas. Que la vie soit possible ici relève du miracle.

Ce sol a été foulé par des milliers de croyants au fil des siècles, à commencer par Moïse lui-même. S'il pouvait voir comment les religions ont évoluées, qu'en penserait-il ? Les dix commandements qu'il a reçu ici sont leur fondation, mais combiens de croyants les respectent-ils ? C'est plutôt comme ça les arrange, il me semble. Il s'est mis en colère quand il a vu les hébreux adorer un veau d'or, mais les choses n'ont guère changé, à notre époque il y a une multitude de veaux d'or qui font l'objet d'une adoration sans limite. Au sommet se trouvent une mosquée et une chapelle, un aigle tourne autour, à l'affut de son prochain repas. Le ciel est noir, ce qui est surprenant dans un endroit aussi sec. Nous avons à peine le temps d'admirer la vue magnifique, que des violents coups de tonnerre secouent la montagne. Le ciel est déchaîné, des éclairs jaillissent autour de nous. Dieu est-il en colère de notre intrusion dans ce lieu sacré ? Pas le temps de réfléchir à la question, nous courons vers la chapelle pour nous réfugier, j'ouvre la porte et la première chose que je vois est un gros serpent noir qui se dresse. Ses yeux me fixent, il est prêt à se lancer sur moi, puis je me sens tomber.

Une lumière éblouissante m'enveloppe, où que je me tourne elle brille. En haut, en bas, à droite, à gauche, il n'y a rien d'autre que la lumière. Une voix lointaine m'appelle.

- Pierre, écoute. Laisse ton âme te guider et tu verras que la vérité est au fond de ton cœur. C'est là que tu trouveras le don le plus précieux, celui de l'amour de Dieu. Avance d'un pas léger et regarde autour de toi. Aime les autres comme Dieu t'aime, voilà ton chemin. La lumière de l'Amour te guidera partout où tu iras. À ton tour, fait la briller pour illuminer le chemin de ceux qui t'entourent. Tu ne seras jamais seul, je veillerai sur toi afin que tu puisses accomplir ta mission sur terre.

- Mais qui êtes-vous ?

En guise de réponse, une plume blanche tombe doucement et je la prends dans mes mains. Je sens de l'eau sur mon front et une autre voix m'appelle.

- Pierre, réponds-moi !

J'ouvre enfin les yeux pour voir Khaled penché au-dessus de moi.

- Ou suis-je ?

- Dans la mosquée. Il y avait un cobra dans la chapelle, mais il a eu plus peur que toi. Tu t'es évanoui et Nassar et moi t'avons porté jusqu'ici.

- Il n'y a rien qui me fait plus peur qu'un serpent.

- Dommage que Moïse n'ait pas été là, il l'aurait transformé en bâton, rit Khaled.

Mes jambes sont en coton, Nassar me donne du thé et des dates, que j'accepte volontiers. Ensuite il va dans un coin pour faire sa prière.

- Nassar est le préposé à la mosquée. La présence d'un serpent dans la mosquée l'a inquiété, c'était un mauvais présage, mais il a servi de repas à l'aigle. Qu'Allah soit loué, le bien l'a emporté sur le mal.

Il continue à voix basse, comme pour me faire une confidence.

- Je crois qu'Allah doit veiller sur toi, tu as survécu aux forces du mal. L'armée Israélienne, le Hamas, un cobra... S'il t'a épargné, ce n'est pas pour rien, il a une mission pour toi et il veut te préserver.

- Pourquoi moi ? Je n'ai été qu'un mécréant toute ma vie !

- Allah sait ce qu'il fait. C'est le créateur de l'univers, ne l'oublie pas.

Je confie mon rêve à Khaled, il pense que ce message venait d'un ange.

- Les anges sont des êtres de lumière qui ont été créés avant les humains. Le prophète Mohammed, que la paix et les bénédictions de Dieu soient sur lui, a eu l'occasion d'en voir et le prophète Abraham a reçu la visite d'anges qui avaient revêtu une forme humaine. Certains anges comme Gabriel sont les messagers d'Allah, ils transmettent Ses messages à l'humanité. D'autres sont chargés d'exécuter Ses ordres. Il y a aussi des anges gardiens chargés de protéger les croyants tout au long de leur vie. Je crois vraiment que les anges sont avec toi, ils te protègent et te transmettent des messages.

- Comment affirmer que tout ce qui s'est passé est l'œuvre de Dieu ou de ses anges et que ce n'est pas le fruit du hasard ?

- Le hasard, comme tu l'appelles, c'est Allah qui agit en cachette.

- Mais que me veut-il ?

- Te remettre sur le bon chemin, celui qui conduit à Lui.

De retour au monastère, nous retrouvons Louis.

- Quelle merveille ! Ce monastère a résisté à tout. Au temps, aux tremblements de terre, aux raids de Bédouins, à l'islam, aux croisades et aux guerres diverses et variées. Maintenant la nouvelle menace, c'est nous les touristes ! Depuis qu'un parchemin qui contenait la presque totalité de l'Ancien et du Nouveau Testament a été dérobé, la bibliothèque est fermée au public, mais les plus beaux livres sont exposés dans le musée. Quel régal de voir ces œuvres précieuses. Bientôt, on pourra tous les consulter. Le Père Théodore est responsable d'un projet qui consiste à mettre les manuscrits sur des cédéroms. C'est la technologie moderne au service des antiquités. Mais la vie moderne n'a pas changé le rythme de vie du monastère : moins de cinq heures de sommeil au quotidien, la prière en solitaire, les offices, les trente jours de jeûne intégral et les deux cents jours plus que maigres. Père Théodore, crie Louis en le voyant, venez que je vous présente mes amis !

- Soyez les bienvenus, dit-il avec un accent américain qui me surprend, venez voir un des lieux les plus sacrés de notre monastère. C'est ici que se trouve le buisson ardent où Moïse a reçu de Dieu la révélation de sa mission. Il a aussi reçu de Dieu le don des miracles, pour qu'il soit reconnu par les hébreux comme l'élu de Dieu. C'est grâce à cela qu'il a pu obtenir du Pharaon la libération du peuple Juif, car le Pharaon et sa cour ont été impressionnés par ses miracles. Quand Dieu a parlé à Moise, il s'est présenté en disant « Je suis celui qui est ». Je crois que cela résume très bien Dieu : il est l'être éternel, qui a toujours été et qui sera toujours.

- C'est aussi le Dieu d'Abraham, ce qui veut dire qu'il est le même Dieu que prient juifs, chrétiens et musulmans, répond Khaled.

- Oui c'est vrai, nous avons cela en commun ; si les hommes pouvaient se focaliser sur ce qui les unit plutôt que ce qui les sépare, d'innombrables vies auraient pu être épargnées. Mais maintenant, je dois vous laisser car le devoir m'appelle, ravi d'avoir fait votre connaissance.

Le Père Théodore ne correspond pas à l'image que je m'étais faite des moines, je les voyais reclus dans leur cellule, priant toute la journée et isolés du monde. Ils n'ont pas vraiment le choix ici car le monde vient à eux, mais le Père Théodore rayonne de joie, on aurait presque envie de se joindre à lui dans ce lieu sacré.

Mon attitude face à la mort, à Dieu et aux religions a beaucoup changé ces derniers temps. Je sais maintenant qu'il y a une vie après la vie. Ce n'est pas une croyance, c'est un fait établi selon le témoignage de Louis que je ne remets pas en question. Je ne sais pas qui est l'être de lumière, si c'est un ange ou Dieu. Je ne sais pas encore qui est Dieu. Est-ce une force cosmique créatrice de l'univers où est-ce un être qui se soucie de ses créatures et qui intervient dans leur vie ? Est-il responsable de la souffrance de l'humanité ou simple témoin lointain ? Attend-il quelque chose de moi ? Que de questions, et en ce qui concerne les religions, si chacune va avoir ses propres réponses, quelle sera la bonne ? Vais-je devoir faire une évaluation de chacune d'entre elles pour choisir celle dont les réponses me conviendront ? Je pourrais établir un questionnaire et l'envoyer à un représentant de chaque religion. « Bonjour, c'est pour un sondage, avez-vous quelques minutes à m'accorder ? » Ou plutôt quelques heures. Au fait, combien y-en-a-t-il ? Au sein de la religion chrétienne, par exemple, il y a les catholiques, les orthodoxes et des variétés de protestants pour tous les goûts. Les catholiques sont les seuls qui ont une autorité centrale, leur pape infaillible qui a réponse à tout. Cela me fait penser aux enfants qui voient en leur père une source de savoir inépuisable. Cela a été mon cas jusqu'à que je grandisse et que je me rende compte qu'il n'osait jamais dire « je ne sais pas ». Il prenait son rôle très au sérieux et ne voulais pas nous décevoir. Les fidèles eux ne grandissent pas, ils ont une foi en leur pape égale à celle qu'ils ont en Dieu.

Je ne suis pas le seul à me poser ces questions, depuis que l'homme marche sur la terre il se demande qui l'a mis là et pourquoi. Faut-il attendre d'être passé de l'autre côté, dans une autre vie, pour avoir les réponses ? Si Dieu a un sens de l'humour, il doit s'amuser à voir les hommes imaginer ce qu'Il est et ce qu'Il pense. Mais peut-on prétendre connaitre un être qui aurait créé un univers dont on ne peut pas mesurer l'étendue ? À l'échelle d'un univers infini, nous ne sommes que de minuscules cellules que Dieu observe avec un microscope. Comment une cellule peut-elle voir ou comprendre un être des milliards de fois plus grand et plus complexe qu'elle ? Notre cerveau humain, avec tout son raffinement, est-il capable de comprendre Dieu ? La voix dans mon rêve m'a conseillé de regarder au fond de mon cœur. Je ne sais pas ce que cela veut dire, mais pour la première fois je sens que je suis sur le bon chemin. J'ai été amené jusqu'ici par des événements que j'ai pris pour des coïncidences, mais si c'était la main de Dieu qui me mettait sur la bonne voie ? Si c'est le cas, il n'y a certainement pas de meilleur guide.

Khaled rentre en Palestine, c'est là où Allah l'attend pour faire sa volonté car, m-a-t-il expliqué, musulman veut dire soumis, et l'Islam est la soumission à la volonté de Dieu. Samir lui a proposé de travailler dans son hôtel et d'avoir une meilleure vie, mais Khaled est persuadé que ce n'est pas la volonté d'Allah. Je suis triste de le quitter car c'est un vrai ami et nous pourrons communiquer très peu. Il fera passer des messages par internet grâce à des amis. Quelle invention merveilleuse qui permet de relier les hommes entre eux. Dommage qu'elle ne permette pas de les relier avec Dieu aussi.

J'ai hâte de rentrer chez nous car l'état de Louis ne s'améliore pas. Il ne dit rien, mais je vois qu'il a mal. Il ne lui reste rien du peu d'antalgiques qu'il avait sur lui et sa bonne humeur et son optimisme ne suffisent pas à venir à bout de sa douleur.

De retour, je sens un immense vide ; après avoir vécu des aventures que je n'aurai pas pu imaginer dans un de mes livres, le retour à une vie normale ne se fait pas sans mal. J'ai quelques messages de Guillaume demandant des nouvelles. Je n'ai pas la tête à l'appeler tout de suite car je n'ai pas de réponse à lui donner quant à mon prochain roman. Je n'ai pas essayé de me remettre à écrire, c'est bien la dernière chose à laquelle j'ai pensé quand je suis rentré. Justine a dû dire la vérité à nos parents, ils n'étaient pas contents que nous leur ayons menti, mais ils sont soulagés que nous soyons sains et saufs. Justine nous a tous invité à diner chez elle.

- J'ai une grande nouvelle à vous annoncer, dit-elle, j'attends un heureux évènement !

- Sainte Marie, merci d'avoir répondu à mes prières, dit ma mère les larmes aux yeux.

- Je suis tellement content pour vous, dis-je, après tout ce temps vous devez être soulagés.

- Un peu de champagne ? demande Philippe.

Après de départ de mes parents et de Louis, Justine, Philippe et moi prenons un moment pour discuter plus tranquillement.

- Les larmes que j'ai versées pour André ont porté leur fruit.

- .. ?

- J'en ai parlé à ma thérapeute et elle pense que toutes les larmes que j'ai retenues après la perte d'André m'ont empêché de procréer. C'était bel et bien dans ma tête. Il a suffi que nous en parlions et que je puisse exprimer ma tristesse pour je sois libérée de ce blocage. J'ai enfin fait le deuil, ou presque. Suffisamment pour que je puisse enfin donner la vie.

- Prions alors pour que tout se passe bien.

- C'est la première fois que je t'entends prononcer ce mot.

- Oui, le moins que je puisse dire c'est que je suis en train de changer ma vision de la vie. Mais je le fais par étapes, je suis sur un chemin d'exploration et de découvertes. Je ne sais pas encore qui est Dieu, mais j'ai l'espoir qu'Il m'écoute.

- Tu as de la sincérité dans ton cœur, c'est cela qu'Il voit.

- Mais comment est le Dieu auquel tu crois ?

- Je me suis faite ma propre idée car je n'ai jamais pu adhérer à une religion en particulier. Croire que Jésus est mort pour mes péchés est trop culpabilisant, il y a trop de règles dans le Judaïsme, l'Islam traite mal les femmes, je ne veux pas me réincarner comme les hindous le font et quant au bouddhisme, je n'ai pas envie de disparaître complètement et me fondre dans l'univers.

- Ton histoire pourrait intéresser des journaux ou des magazines, dit Guillaume après mon récit, as-tu aussi des photos ?
- Oui, j'avais un petit appareil photo, mais je n'ai pas eu le réflexe ou le temps de tout photographier. Dommage, le feu d'artifice sur le bateau aurait fait une belle photo.
- J'ai des relations dans le milieu de la presse, met toi vite au travail. Met le plus de détails dont tu peux te rappeler, l'éditeur fera le tri. Cela pourrait te faire une bonne rentrée d'argent, un reportage exclusif de cette nature, ça vaut de l'or.
- Je vais essayer, mais je ne promets rien. Rappelle-toi, je n'ai pas noirci de feuille depuis plusieurs mois.
- Je suis sûr que tu y arriveras, car il ne s'agit pas de trouver des idées, mais de relater ton vécu.
Il est vrai que c'est quelque chose que je n'ai jamais fait, je n'en ai jamais eu l'envie. Il faut dire qu'il ne m'était jamais rien arrivé qui puisse susciter de l'intérêt.

Une page blanche. Même si elle est sur un écran, elle n'en est pas moins réelle. L'écran illumine la pièce sombre. Un duel entre un homme et ses démons. L'ennemi est en moi, c'est ma peur que je dois dompter. Après un long voyage, je reviens au point de départ. Je suis reconnaissant d'avoir cette opportunité d'affronter à nouveau mon adversaire. Mes aventures m'ont donné des atouts pour ce combat, je me sens plus fort. Je ferme mes yeux et je revois tout, depuis nos briefings avec Cathy avant le départ jusqu'à nos adieux à

Khaled. Pas besoin d'attendre des idées qui jouent à cache-cache. Tout est là, je n'ai rien à inventer. En revivant ces évènements, je revis toutes les émotions : la peur, le soulagement, la surprise, la tristesse, la frustration. C'est ce que je vais faire vivre à mes lecteurs, sans artifices. Tout est réel, mais va-t-on me croire ? La réalité est plus étrange que la fiction, ce serait facile de dire que c'est un délire de romancier et que j'ai inventé cela de toutes pièces. Je pourrais aussi être accusé d'antisémitisme. Je ne prends pas position   contre les Juifs, je prends position pour les Palestiniens opprimés, pas pour ceux qui ont contribué à cette escalade de violence. La paix, voilà ce que l'homme souhaite au fond de son cœur, mais elle est fragile, un rien peut la détruire.

Je reviens à mon sujet. C'est douloureux de revivre certains épisodes, mais je ne vais pas les contourner.

Mon ami Louis et moi-même sommes à Athènes pour embarquer sur l'Eleftheria, un navire de passagers grec dont le nom signifie liberté. Il fait partie d'une flottille de bateaux qui va tenter de briser le blocus de la bande de Gaza. Ces bateaux vont transporter de l'aide humanitaire et des matériaux de construction pour la population de la bande de Gaza. Louis s'est engagé car en tant que Juif, il a honte de ce drame humanitaire où hommes, femmes et enfants sont privés des besoins vitaux de première nécessité. Ces innocents ont été condamnés pour des crimes qu'ils n'ont pas commis. Les prisonniers en France sont mieux traités, ils ont accès à des soins médicaux, mais les hôpitaux dans la bande de Gaza manquent de tout, les malades meurent faute de médicaments.

Je raconte tout jusqu'à mon ascension du Mont Sinaï, sans me soucier de ce qui sera publié ou non. Cela me fait un bien fou d'écrire pour la première fois depuis des mois. A défaut d'avoir retrouvé mon imagination, j'ai retrouvé l'espérance qui me manquait tant et qui a dissipé les ténèbres du désespoir dans lequel j'étais tombé. Je sens que tout est possible, il me suffit d'être attentif à ce que je vais découvrir sur mon chemin.

V

« *Dieu aima les oiseaux et inventa les arbres. L'homme aima
les oiseaux et inventa les cages* »
Jacques Deval

Nous sommes beaucoup plus inquiets que Louis quand il
nous apprend qu'il a fait une rechute et qu'il doit subir de la
chimiothérapie.

- N'ayez pas peur pour moi, cette fois je vous promets
d'être sage et de bien respecter les consignes du médecin.

Je n'ose pas lui dire que j'ai lu que le taux de réussite des
chimiothérapies pour le cancer du pancréas est beaucoup
plus bas que celui des opérations.

- J'ai lu ton article sur notre épopée et je t'en félicite. Voilà
un bon moyen de se remettre à l'écriture.

- Oui, ça me change. Mais surtout c'est la victoire sur la
page blanche qui me fait jubiler, même s'il elle est provisoire.
Malgré cela, je n'ai pas l'ambition de continuer, être
journaliste de guerre ne me convient pas.

- Tu as trouvé un acheteur ? demande Justine.

- Pas encore. Personne n'a envie de prendre de risques. Les Israéliens ont des amis très haut placés. Si vous croyez encore à l'indépendance de la presse, détrompez-vous. Guillaume ne s'attendait pas aux réactions qu'il a eues, mais il ne désespère pas. Il y aura toujours la possibilité de le publier sur Internet si la presse écrite n'en veut pas.

- C'est triste de savoir que ce que vous avez fait n'aboutisse pas á un résultant concret pour les Palestiniens, commente Justine. Vous avez risqué votre vie pour rien, tout ce que vous leur avez apporté est perdu.

- Il y a un qui a été touché, c'est Khaled, il m'a fait envoyer un message pour dire que notre visite lui avait redonné de l'espoir. Croyez-moi, dit Louis, notre action n'aura pas été en vain. Il n'y a pas que le matériel qui leur fait défaut, ce qui leur est difficile, c'est d'être isolé et de se sentir oublié du reste du monde. Ils ont pu voir que leur cause était portée par de nombreuses personnes partout dans le monde.

- J'ai un ami qui est très intéressé par ton article. Il est éditeur d'un blog réputé, « Un monde nouveau ». Le connais-tu ? me demande Guillaume.

- Non, de quoi parle-t-il ?

- Les actions citoyennes et collectives pour améliorer le monde dans lequel nous vivons, comme l'écologie, les actions pour la paix et l'entraide.

- Oui je vois, ça me convient.

- Il fait partie d'un réseau mondial de bloggeurs ; si tu es d'accord, il traduira ton article en anglais pour le publier dans d'autres blogs.

Si j'ai écrit cet article, ce n'est pas pour la gloire ni l'argent, et s'il a une diffusion élargie, il aura plus de chances de sensibiliser l'opinion sur le conflit en Palestine à travers le monde. Si cela peut aider les Gazaouis, mon but est atteint.

Une semaine plus tard, Guillaume m'appelle ;

- Ton article a fait sensation, plus de trois cent mille lectures, dont les deux-tiers sur les blogs en anglais. Les réactions sont mixtes, mais la majorité est scandalisée par les actions d'Israël et demande qu'une enquête internationale soit menée dans les plus brefs délais.

- Et les autres ?

- Ils dénoncent un complot contre Israël, affirment que l'histoire a été fabriquée, demandent des preuves et t'accusent de faire partie du Fatah. Rassure-toi, la majorité pense que Khaled, Louis et toi êtes des héros qui représentent la fraternité entre musulmans, juifs et chrétiens. Parmi toutes les réactions, il y en a une qui pourrait t'intéresser. Le conseil mondial pour l'harmonie interreligieuse organise son rassemblement annuel en Thaïlande et il t'invite pour que tu parles de ton expérience. C'est un honneur, il y aura de nombreux représentants de toutes les religions du monde. Qu'en penses-tu ?

- Je ne suis pas un expert en la matière, tu me connais, j'ai toujours gardé mes distances avec la religion.

- Peut-être, mais tu as été en terre sainte, au carrefour des trois religions monothéistes. Tu as fait une expérience unique de ce que peut être un dialogue pour la paix.

- C'est Khaled qui vit cela au quotidien, je n'ai été que simple témoin.

- Ça serait trop compliqué de faire venir Khaled et tu le sais, il n'a aucun passeport. Tu peux le représenter et parler en son nom, je suis sûr qu'il serait d'accord et qu'il serait fier.

Encore une fois, je me suis laissé persuader. Ce n'est pas exactement contre ma volonté, il y a une partie de moi qui est curieuse de tout et qui ne résiste pas à faire des découvertes. Cet esprit aventureux est plus fort que tout, et j'espère que mon ange gardien sera du voyage, je sens que je vais en avoir besoin. Le choix de Bangkok m'a étonné, car elle est plus réputée pour ses plaisirs charnels que spirituels, mais cela fait partie d'une volonté de se purifier de son image de

capitale du vice, m'a expliqué Guillaume. Elle compte plus de
quatre cents temples bouddhistes et les dévotions font partie
de la vie quotidienne de ses habitants. C'est une occasion de
montrer au monde son autre visage, qui est loin de celui qui
lui a donné sa mauvaise réputation. Je lui ai répondu qu'elle
va avoir autant mal à convaincre le monde qu'une prostituée
qui demande à une mère supérieure de rentrer dans son
ordre, son chemin de rédemption va être long.

Je suis accueilli à l'aéroport par une belle jeune femme au
nom ravissant de Bua, qui veut dire « fleur de lotus ». Sans
réfléchir, je lui dis qu'elle est belle comme une fleur de lotus,
j'espère qu'elle ne va pas croire que je la drague. Elle a dû
penser qu'elle ne risquerait rien à accueillir des moines, des
imams et des rabbins. Elle me répond qu'elle est
reconnaissante envers ses parents de lui avoir donné ce
prénom car le lotus est une fleur adorée en Thaïlande. Il est
utilisé dans la cuisine et pour rendre hommage à Bouddha
car il est associé aux êtres célestes. Il pousse généralement
dans un étang boueux et c'est la seule fleur qui a la force de
se lever au-dessus de la surface. Bua m'explique que la boue
représente le matérialisme, l'eau les expériences de vie et la
lumière le nirvana. Comme le lotus, nous vivons à des
niveaux inférieurs, mais à travers les bonnes actions nous
pouvons progresser vers le nirvana, la fin des cycles de
renaissance et de souffrance.
Ma première leçon sur le bouddhisme terminée, nous
montons dans un taxi qui nous attendait. Il est climatisé, ce
qui me soulage car il fait chaud et moite. La circulation n'a
rien à envier à Athènes, mais je ne vois pas le temps passer
grâce à Bua. Elle est étudiante en droit international et parle
couramment quatre langues. Elle est très honorée que sa ville
ait été choisie pour ce rassemblement et s'est portée
volontaire pour l'accueil des invités. Elle a lu mon article sur
le blog et me félicite pour mon courage et mon engagement
pour la paix. Le bouddhisme, me dit-elle, n'a jamais

occasionné d'affrontements, c'est une philosophie qui respecte tous les êtres vivants, car dans une vie antérieure ou future, nous avons peut-être été ou serons un oiseau ou un papillon. La vache qui te donne du si bon lait est peut-être ta grand-mère, tu as le devoir de la respecter. Elle aime beaucoup sa ville, dont le nom entier veut dire « Ville des anges, grande ville, résidence du Bouddha d'émeraude, ville imprenable du dieu Indra, grande capitale du monde ciselée de neuf pierres précieuses, ville heureuse, généreuse dans l'énorme Palais Royal pareil à la demeure céleste, règne du dieu réincarné, ville dédiée à Indra et construite par Vishnukarn ». Pour aller plus vite, les habitants l'appellent Krung Thep, ville des anges, mais jamais Bangkok.

En avance pour le rendez-vous que Bua m'avais donné pour le diner, je retrouve une connaissance, le Père Théodore.

- Pierre, je suis heureux de vous retrouver. La dernière fois que je suis venu ici, j'étais un jeune homme qui ne pensait qu'à s'amuser. La drogue et le sexe, c'est tout ce qui m'intéressait. J'ai fait le tour de la terre pour trouver des lieux où on pouvait trouver facilement l'un ou l'autre. Ici à l'époque on trouvait les deux, mais depuis que le premier ministre a déclaré la guerre à la drogue, la seule poudre blanche que vous trouverez, c'est le monosodium glutamate qui est saupoudré sur les brochettes de Satay. Personnellement j'évite, ça me donne mal à la tête. Pour ce qui est du reste, cela n'a pas changé. Mais maintenant, je suis un autre homme, grâce au Christ. Je suis venu ici pour témoigner de la guérison que j'ai vécu, ainsi que de mon projet de numériser les ouvrages de mon monastère. Je crois que cela pourrait intéresser les monastères bouddhistes. Le gouvernement dépense beaucoup d'argent pour les moderniser. Où qu'ils se trouvent, ils ont accès à l'internet par satellite. Les moines bouddhistes ne sont pas autonomes comme le sont les chrétiens, ils dépendent de l'aumône qu'ils vont quérir, ainsi ils ne sont pas retirés du monde. Au fait, j'ai lu votre article sur un des blogs que je lis. C'est une façon très efficace de sensibiliser l'opinion.

- Je ne pense pas que cela fera changer les choses.

- Quand le monde est dans les ténèbres, il a besoin de la lumière de la vérité. Éclairons le monde et faisons briller la lumière de la vérité et de l'amour du Christ dans le cœur des hommes, voilà notre mission. Mais qui est cette ravissante jeune femme qui se dirige vers nous ?

- C'est Bua, elle m'a accueilli à l'aéroport.

- Je n'ai pas eu autant de chance, c'est un homme d'affaire qui fait une pause de six mois dans un monastère qui m'attendait; la plupart des hommes en Thaïlande passent une partie de leur vie en tant que moine.

Je vois qu'être devenu moine ne lui a pas enlevé sa sensibilité à la beauté féminine. Et pourquoi pas ? Ce n'est pas un péché d'apprécier ce que Dieu a créé pour notre bonheur sur terre. D'autres participants à la conférence se joignent à nous, ainsi que leurs accompagnateurs.

Le repas est non seulement une occasion de découvrir la cuisine Thaïlandaise mais aussi de faire connaissance avec des pratiquants d'autres religions. Christophe est un Suisse qui pratique le bouddhiste tibétain et tient à nous expliquer le concept de la vacuité.

- Vous voyez cette table sur laquelle nous mangeons, elle n'existe qu'en tant que nom et forme. Le nom désigne une chose, on aurait pu donner n'importe quel nom mais on a choisi table. Mais la table n'existe pas en elle-même, elle n'est pas apparue soudainement de sa propre volition. Il a fallu qu'il existe d'abord une planète, de la terre, de l'eau, une certaine chaleur, et une graine. Ensuite il a fallu que cette graine puisse ne pas être mangée par un oiseau afin de pouvoir devenir un jour un arbre. Cet arbre après de nombreuses années a été coupé par un bûcheron. Puis un chauffeur de camion est venu et a emmené l'arbre à la scierie. La scierie a reçu l'arbre, les menuisiers l'ont découpé en planches et en pieds et on finalement monté la table. Elle a été transportée dans un magasin pour y être vendue à ce restaurant où nous sommes venus grâce à des arbres qui ont vécus il y a des millions d'années et que des hommes ont transformés en pétrole qui a permis à des avions de nous transporter jusqu'ici. Donc cette table est impermanente, elle n'est pas éternelle. Elle est apparue, durera un certain temps, puis un jour sera brûlée. Elle est vide d'existence propre et elle dépend de l'ensemble des phénomènes pour son existence. Ce qui est vrai pour cette table est vrai pour tout ce que l'univers contient.

- Mais alors, je demande, Qui a créé cette planète qui a permis à la table d'exister ?

- Personne ne l'a créé. C'est l'imperfection de nos organes de sens qui nous fait percevoir l'univers à notre façon. C'est parce que nos yeux ne peuvent voir que des rayons lumineux de longueur entre 420 et 650 nanomètres, et que nos oreilles ne peuvent entendre que des sons de fréquence entre 20 hertz et 20 kilohertz, que nous percevons ainsi l'univers. Un chien, une vache ou un oiseau voient le monde et l'univers autrement. Le Bouddha a dit : « Nous sommes tous dans le Dharma pur et serein, mais chaque être vivant perçoit le monde et l'univers à sa façon, selon son Karma, c'est-à-dire selon sa nature actuelle qui est la conséquence de ses ambitions et de ses actions antérieures ».

Amaroo est un shaman aborigène du nord de l'Australie. Il profite du silence que les explications de Christophe ont provoqué autour de la table pour prendre la parole :

- Voilà ce que nous avons été enseignés au sujet de ta question. Au tout début, il n'y avait rien qu'une immense étendue d'eau. Puis la terre émergea peu à peu de cet océan. Vint alors le temps des rêves qui engloba le tout, à la fois partout et nulle part, C'est dans cette dimension à la fois antérieure et parallèle à la nôtre que se trouve le secret de la vie et de l'univers et c'est là que naquit Bajame, le père de toute chose. Il créa un sanctuaire à l'intérieur du temps des rêves : le paradis, lieu où les âmes humaines peuvent transiter à leur mort et où les pierres magiques sont précieusement gardées. Ces pierres magiques permettent à Bajame de diffuser son savoir par l'intermédiaire des shamans, ou de venir en aide aux malades et aux nécessiteux. C'est aussi lui qui donne la mort et décide d'abréger ou de prolonger la vie de toute chose ; parfois, il prend apparence humaine et se mêle à la population. Dans le temps des rêves, deux forces antagonistes ont lutté pour posséder les objets sacrés et enseigner aux humains les différents secrets de l'univers. Bajame ne voulaient pas que les humains connaissent de tels secrets sous peine d'être déçus de leur condition. Il enferma les deux rebelles à jamais dans le temps des rêves et récupéra les pierres. Mais il a concédé un avantage à nous les shamans : en suivant des rites très précis, nous pouvons accéder à la félicité originelle du temps des rêves.

- As-tu eu la chance d'accéder aux secrets de l'univers ?

- Je ne peux pas répondre à ta question, mais si tu étais en danger, je pourrais utiliser mes connaissances pour te sauver, sans pour autant te faire de révélation.

Chacun fait part de ses croyances. Quand c'est mon tour, je reviens à l'objet qui a déclenché cette discussion.

- Je n'ai pas encore trouvé ma vérité, mais ce que je sais, c'est que grâce à cette table, nous pouvons partager ce délicieux repas et nos croyances, et que nous pouvons remercier Dieu, Allah, Bajame, l'oiseau et le bûcheron pour ce moment unique de nos vies.

- Tu as bien parlé, mon frère. Aie confiance en toi-même, me conseille Lydia, une baha'ie. Ne te laisse pas impressionner par les autres. Ecoute, renseigne-toi, fais des recherches, réfléchis. Une bonne religion est une religion qui apporte le vrai bonheur à toi-même et aux autres.

- J'avoue que je ne connais pas du tout ta religion

- Les bases notre foi sont l'unité de la race humaine, la paix universelle et la recherche indépendante et personnelle de la vérité. Pour les Baha'is, la religion doit être la cause de l'union entre tous les êtres humains et doit être en harmonie avec la science. Nous acceptons la validité de la plupart des religions du monde, et nous considérons que leurs figures centrales sont des manifestations de Dieu, comme Moïse, Jésus, Muhammad, Krishna, Zoroastre et Bouddha. Nous reconnaissons que certains principes généraux comme la charité ou bonnes relations entre les hommes sont universels et permanents.

Bien que je sois en accord avec ces principes, je sens qu'elle ne me dit pas tout et qu'il y a une autre facette à sa religion qui est bien loin d'être idéale.

Je ne suis pas le seul à être levé avant le soleil, des moines bouddhistes arpentent les rues. Les flèches des temples émergents de la brume, le doux son des cloches invite au recueillement et à la méditation. Je marche derrière un groupe de vieux messieurs qui discutent entre eux en riant. J'aimerais comprendre ce qui les fait rire. Un d'eux se retourne et éclate de rire en me voyant. Il ne doit pas voir souvent des étrangers à cette heure dans la rue. Je ris à mon tour et le groupe s'arrête pour me serrer la main et se présenter. Ils me font signe de les suivre, je ne sais pas où ils vont mais je sens que cela va être intéressant. Nous arrivons à un immense parc où nous rejoignons d'autres hommes et quelques femmes. Huang me répète plusieurs fois « Taï Chi » et me fait signe de l'imiter. Je me concentre sur ses mouvements doux et harmonieux et fait de mon mieux pour paraitre aussi gracieux que lui. Il doit y avoir au moins deux cent personnes et leur synchronisation est impressionnante. Je pourrais affirmer que c'est un exercice relaxant si j'y arrivais, mais Huang et ses amis me félicitent quand même lorsqu'ils ont fini leur routine. Pendant que les plus jeunes partent, sans doute pour aller travailler, Huang et ses amis s'assoient dans l'herbe au bord du lac et m'invitent à partager leur petit-déjeuner. Je ne sais pas ce que je mange, mais c'est moins épicé que la cuisine Thaïlandaise que j'ai goutée hier. Des gros lézards nous observent avec l'espoir de récupérer quelques miettes, ça change des pigeons et des moineaux qui en font autant dans les parcs en Europe. Autour de nous, d'autres groupes démarrent leurs activités. D'un côté, une classe d'aérobique, de l'autre un combat de boxe Thaïlandaise. J'ai fait le bon choix, le Taï Chi est beaucoup plus facile et relaxant. Je remercie mes nouveaux amis, je ne voudrais pas être en retard, Bua m'a donné rendez-vous à neuf heures pour m'emmener au centre de conférences. La ville s'est réveillée et ressemble à une fourmilière dans laquelle on a donné un coup de pied. Le calme du soleil levant a été remplacé par le vacarme des voitures et des tuk-tuks.

Les sessions de la conférence sont classées en plusieurs thèmes, qui sont abordés selon le point de vue des différentes religions : combattre la pauvreté, guérir la terre, œuvrer pour la paix et la justice et trouver la paix intérieure. Il y a en tout deux cents communautés religieuses et tout se passe dans le calme et l'harmonie. Ce sont des échanges d'idées plutôt que des débats, personne n'est là pour prouver aux autres qu'il a raison et que sa religion est meilleure que les autres. Il est nécessaire d'avoir une ouverture d'esprit pour assister à une telle conférence. Cela donne beaucoup d'espoir de voir cette entente, tout en sachant que dans le monde autour de la bulle où nous nous trouvons, les choses ne se passent pas comme ça. Ce que je vois, c'est le courage et la détermination de ceux qui croient en quelque chose qui les dépasse. Je les envie, car je ne leur arrive pas à la cheville, je suis prisonnier de mes peurs et de mes doutes. J'attends avec impatience le jour où je trouverai la clé qui me libérera.

L'auteur du blog où mon article a été publié m'a réservé un espace où je parle de la conférence et de mes impressions personnelles sur le dialogue interreligieux. Il espère ainsi augmenter la fréquentation de son blog et je suis content d'avoir la chance d'écrire. Toute écriture me fait du bien, même si je n'ai pas encore retrouvé mon imagination. Les commentaires que mes articles suscitent m'encouragent à continuer, certains viennent des fidèles lecteurs de mes livres qui m'ont retrouvé.

J'avais prévu de rester deux jours de plus pour découvrir Bangkok et Bua se fait un plaisir de me guider. Elle m'emmène visiter des temples bouddhistes, car c'est là, dit-elle, que se trouve l'âme de son peuple. Nous y voyons une multitude de statues de Bouddha, des grandes et des petites, le représentant assis, debout ou couché, elles sont assez variées. Bua m'explique que l'enseignement originel du Bouddha excluait formellement une idolâtrie qui serait arrivée par la dévotion à des images le représentant. Cette exigence fut peu à peu contournée par l'école du Grand Véhicule, avec comme excuse que les images devaient être symboliques, impersonnelles et propices à la méditation. Comme aucun portrait depuis nature n'existait de Bouddha, les artistes l'ont représenté d'une manière idéalisée en suivant des indications données par des textes anciens. En connaissant le rejet bouddhiste des possessions matérielles, je suis assez étonné de la richesse des temples. L'un d'entre eux abrite une statue en or massif de plus de cinq tonnes. Elle doit valoir des centaines de millions d'Euros. Son histoire est surprenante. Un vieux temple abandonné abritait une statue en stuc doré. Quand le temps fut venu de le détruire pour faire des travaux d'aménagement, cette statue fut transférée sous un simple toit de tôles où elle resta pendant vingt ans, le temps qu'un bâtiment définitif fut construit. Une grue devait la déplacer, mais un câble céda et la statue tomba dans la boue. En évaluant les dégâts on s'aperçut que le sous le stuc, la statue était en or massif. Elle avait été dissimulée vraisemblablement pour la soustraire à la convoitise des Birmans qui assiégeait la ville. C'est la plus grande statue en or du monde et fait l'objet d'une vénération fervente.

C'est la première fois que je vois une Rolls Royce jaune, Bua me fait signe de baisser la tête en signe de respect quand elle passe devant nous, car c'est le roi qui se déplace, escorté par des voitures et motos de police. Il y a autant de portraits du roi dans la ville que de statues de Bouddha, j'en déduis qu'il est aussi adoré que Bouddha lui-même. Son passage a un effet radical sur la circulation. Tout le monde s'arrête pour laisser passer le cortège royal, mais ensuite le rythme effréné reprend. Le code de la route est complètement ignoré. Les motards sont ceux qui vont le plus vite car ils arrivent à zigzaguer et se faufiler partout où ils peuvent. Ils prennent des risques car ils ne portent jamais de casque. Juste au moment où je m'étonne de ne pas avoir encore vu d'accident, une voiture percute un jeune sur sa moto. Aussitôt, Bua sort de son sac un talkie-walkie et lance un appel.

- Tu appelles une ambulance ?

- Non, il n'y en a très peu à Bangkok. J'appelle un service d'urgences dont je fais partie. Ce sont des volontaires comme moi qui s'en occupent. La plupart le font pour améliorer leur karma en pensant à leur prochaine réincarnation. Personnellement, je suis heureuse d'aider ceux qui en ont besoin comme je peux. Mais j'ai peur que PorTekTung arrive avant.

- Qui est-ce ?

- Un service concurrent. Ils nous volent souvent des blessés, car plus on récupère de corps, plus on a de donations.

Un premier pick-up arrive, trois hommes en salopette bleue en descendent et se dirigent vers le motard. Un deuxième pick-up arrive peu de temps après et deux hommes se précipitent vers les autres. Ils argumentent pour savoir à qui revient ce blessé. Le plus grand du deuxième groupe donne un coup de poing à un des brancardiers qui tombe à la renverse, faisant tomber en même temps l'accidenté. Les passants observent la scène en riant.

- Les premiers arrivants n'ont-ils pas la priorité ?

- Ce n'est pas si simple, me répond Bua. Les deux groupes ont essayé de se partager la ville, mais les frontières n'ont jamais été bien définies.

Des renforts arrivent et le premier groupe, qui est celui de Bua, en ressort vainqueur. Le premier pick-up repart, mais à moins qu'il ait la même priorité que le roi, l'estropié aura de la chance d'arriver vivant à l'hôpital.

- La plus grande peur des bénévoles c'est que si quelqu'un décède en route, son fantôme hantera le camion.

- Je crois que si la personne avait bon cœur, son fantôme n'est pas à craindre, je lui réponds. Quand mon ami Louis a failli mourir pendant son opération, j'ai senti une présence chez moi et il m'a confirmé que c'était lui qui était venu me visiter.

- Il a été un fantôme et il est revenu ? C'est impossible !

- C'est ce que j'aurais pensé, mais il a vu l'équipe médicale le ressusciter et a décrit tous les détails. Il a rencontré ses proches disparus et un être de lumière lui a fait examiner toute sa vie.

- J'aimerais bien rencontrer ton ami, son histoire est passionnante.

- Vient me voir en France, tu pourras lui parler et je te montrerai les belles montagnes de ma région. Mais il ne faudrait pas tarder, car il a une maladie grave.

- Je fais un stage à la cour internationale de justice dans deux mois, je pourrai venir un week-end.

Cette idée m'enchante, j'aimerais bien la revoir et lui faire découvrir à mon tour mon pays. Je ne sais pas si son cœur est déjà pris, mais je ne me lasse pas d'être avec elle.

Qu'en Penserait Siddhârta ?

L'homme prisonnier de ses désirs et de ses attachements, patauge dans le courant infernal de la vie et de la mort, dans l'océan des passions et des souffrances, ne sachant plus comment s'en sortir. Pour libérer l'homme, Siddhârta Gautama, dit le Bouddha, a conseillé d'éteindre ses désirs et de briser la chaîne d'attachements. S'il revenait sur terre, que penserait-il des richesses que ses disciples ont accumulées dans les temples en son nom ? Une statue du Bouddha en or massif de plus de cinq tonnes se trouve au Wat Traïmit à Bangkok, la cité des anges. C'est la plus grande statue en or au monde et elle a une valeur de plusieurs centaines de millions d'euros. Le bouddhisme est une religion qui est connue pour sa compassion, mais les richesses matérielles qui lui appartiennent ne pourraient-elles pas être utilisées pour   alléger la souffrance et la pauvreté qui sont répandues dans les pays pratiquants ?

Les bouddhistes ne sont pas les seuls à aimer l'opulence, à peu près au même moment de la vie de Siddhârta, un prophète du nom de Moïse s'est mis en colère contre son peuple qui vénérait un veau d'or. L'église chrétienne possède elle aussi des richesses qui pourraient être mieux utilisées. Elle oublie la parole de la Bible qui dit que la racine de tous les maux est l'amour de l'argent.

Et que dire de la fortune personnelle du roi de Thaïlande qui a été estimée à plus de 30 milliards de dollars ? Ne ferait-il pas mieux de suivre l'enseignement de Siddhârta et de se libérer de son attachement à tous ses biens matériels ? Le portrait du monarque est omniprésent dans cette cité, il est aussi vénéré que le Bouddha, je ne serais pas surpris si à sa mort une partie de sa richesse sera utilisée pour couler une statue en or massif en son effigie pour que son culte se poursuive.

Lors de mon voyage au Moyen-Orient, j'avais trouvé que les disciples de Jésus, Moïse et Mahomet avaient un héritage commun. Maintenant que je suis en Extrême-Orient, je découvre que les disciples de Bouddha ont un point commun avec les autres, ils aiment aussi faire des « bonnes actions », bien que leur motivation ne soit pas la même. Ce n'est pas pour gagner leur droit d'entrée au paradis, mais pour faire en sorte d'améliorer leur karma qui déterminera leur prochaine réincarnation. Et certains n'hésitent pas à avoir recours à la violence…

Le spectacle étonnant dont j'ai été témoin aujourd'hui clos mon article. Aussitôt publié sur la toile, il pourra être lu partout dans le monde. Un bloggeur travaille à un autre rythme que l'écrivain. Il sait aussi que la capacité d'attention de son lecteur est très courte. Dès qu'il a lu l'article, il passe à autre chose digne de son intérêt. Si l'article l'a interpelé, il laissera un commentaire. C'est ainsi que le bloggeur peut se faire une idée de ce qui intéresse ses lecteurs. L'écrivain a un challenge différent : soutenir l'attention de son lecteur pendant les quelques heures qui lui faudra pour arriver à la dernière page du livre. Quand un lecteur ouvre un livre, c'est une aventure pour lui, mais il peut l'arrêter à tout moment. Si il connait l'auteur, il sait à quoi s'attendre, sinon il peut lire le résumé où feuilleter l'intérieur. Tel un baigneur qui trempe ses orteils dans l'eau, il lit les premières pages. Si elles lui plaisent, il se plonge dans l'histoire et si tout va bien, il y restera jusqu'à la fin.

Les écrivains pourraient se poser des questions sur l'avenir de leur métier, mais je sens que l'amour du livre perdurera car un livre est un moyen irremplaçable de vivre une autre vie. Le cinéma ne donne pas la liberté d'imaginer le monde que l'auteur a décrit, ni la possibilité de vivre l'histoire à son propre rythme. La toile est un moyen d'échange d'idées et d'information, elle ne remplace pas les livres non plus. C'est une concurrente dans l'éventail des distractions qui se disputent le temps libre de l'homme moderne, comme la télé ou les jeux vidéo.

Je suis réveillé par des coups violents à la porte. Je ne comprends pas les paroles qui sont hurlées, il doit s'agir d'une erreur. Quand l'un des policiers, que je suppose être le chef des deux autres, me demande si je suis bien Pierre Valdo, je n'en suis pas plus renseigné, car ce sont les seuls mots que je comprends. S'il y a une chose qui est claire, c'est que ce n'est pas dans mon intérêt de résister. Ils me passent

les menottes et sans me donner le temps de prendre mes
affaires, m'emmènent avec eux. Tout le monde me regarde
comme si j'étais un criminel. Je croise le Père Théodore qui
me demande ce qu'il se passe. En voyant que je n'en sais
rien, il me propose d'appeler le consul de France.

A la station de police, je suis mis dans une cellule avec
une dizaine d'hommes qui ont tous l'air d'être d'ici, sauf un.
C'est Harry, un touriste australien qui a été arrêté pour
détention de drogues. Ce n'est pas lui qui va pouvoir m'aider,
il plane à dix mille mètres. L'atterrissage va être dur pour cet
hédoniste qui a cru pouvoir s'amuser à sa guise en toute
impunité. Je n'ai pas eu le temps de mettre ma montre, je ne
sais pas combien de temps se passe avant que je sois appelé
par un policier qui parle un Anglais passable. Je suis conduit
dans une salle d'interrogatoire où je retrouve le chef de ce
matin.

- Vous êtes bien Pierre Valdo, citoyen Français, arrivé dans
notre glorieux pays le 12 Octobre ?

- Oui.

- Êtes-vous bien l'auteur d'un article intitulé « Qu'en
Penserait Siddhârta ? », publié hier soir dans le blog « Un
nouveau monde » ?

- Oui, mais pourquoi ?

- Vous êtes accusé d'avoir commis un crime de lèse-
majesté envers notre glorieux roi. Article 112 du code pénal :
« Quiconque diffame, insulte ou menace le roi, la reine ou
leur famille sera puni d'emprisonnement d'une durée de trois
à quinze ans ». Vous aurez ainsi tout le temps de vous
repentir d'avoir osé porter atteinte à la dignité de l'être
suprême qui règne sur notre merveilleux pays. Vous voyez,
notre système de détection a été très efficace, et le roi lui-
même, béni soit son nom, ne sera jamais conscient de l'acte
lâche que vous avez commis. Le blog en question vient d'être
rajouté à la liste des sites web bloqués afin que personne ne
puisse lire cet article odieux. Vous êtes venu ici en vous

croyant tout permis avec votre arrogance et votre supériorité. Vous avez abusé de notre hospitalité légendaire, voilà ce que vous avez fait. Je peux vous dire qu'une fois votre peine purgée, vous ne serez plus jamais autorisé à venir pourrir notre sol avec vos sales pieds de farang !

Il crache sur mes pieds et je sens qu'il se retient pour ne pas me frapper. Son visage est crispé, ses yeux noirs de colère. Je baisse les yeux et je sens mon corps trembler. Les deux autres policiers me reconduisent à la cellule commune.

- Eh pote, qu'est-ce qu'ils t'ont dit ? me demande Harry, qui commence à dégriser.

- Ils m'accusent de lèse-majesté, je risque de trois à quinze ans de prison.

- Merde alors ! T'as pas de chance. Moi, je me suis fait avoir. On m'avait dit d'aller à Bangkok, le paradis de la came. Et maintenant me voilà sur la route de l'enfer, je risque la peine capitale.

En fin de journée, je reçois ma première visite. C'est le consul, Gustave Picard. Il empeste le tabac, le whisky et le parfum bon marché.

- Vous avez du fric ?

- C'était mon dernier jour, il ne me reste plus que 5000 baths.

- Ça ne va pas suffire pour acheter un bon avocat. Ils vont vous en commettre un d'office.

- Vous ne pouvez-pas m'aider ?

- Vous savez, si la république devait aider tous ses ressortissants qui font des conneries, elle serait ruinée.

- Mais j'ignorais les lois Thaïlandaises ; vous pensez bien que je n'aurais pas écrit cet article si j'avais su à quoi ça pourrait me mener.

- Comme on dit chez nous « Nul n'est censé ignorer la loi ». Je n'ai pas eu le temps de lire votre article avant qu'il soit bloqué par la police du web, mais d'après ce qu'on m'a dit, il y en a qui ont été inculpés pour bien moins que ça. Vous connaissez le cas de « l'oncle SMS » ? Vingt ans pour avoir envoyé quatre SMS qui portaient atteinte à la famille royale, il y a des meurtriers qui s'en sortent mieux !

- Merci, c'est très encourageant !

- Un conseil mon ami, plaidez coupable !

- Qu'est-ce qui va se passer maintenant ?

- Vous allez être transféré demain à la prison de Bang Kwang, surnommée le « Bangkok Hilton ».

- Mais quand va être le procès ?

- Avec un peu de chance, dans un mois.

- Il n'y a pas de possibilité de liberté sous caution ?

- Le tarif pour un farang est élevé, il faut compter dix mille dollars.

- Je peux vous demander juste une faveur ? Faites passer un message au Père Théodore pour lui dire où je serai demain, qu'il prévienne le conseil mondial pour l'harmonie interreligieuse et qu'il récupère mes affaires dans ma chambre. Il est dans le même hôtel que moi, mais j'espère qu'il n'est pas encore parti.

- Vous savez, vos affaires ont dû être confisquées par la police. Si vous avez quoi que ce soit de valeur, ça finira dans la poche d'un flic.

J'hésite à faire prévenir Justine. Je ne veux pas qu'elle se fasse de souci pour moi, mais je n'ai pas le choix car elle va m'attendre à l'aéroport. Je ne pourrais pas compter sur le consul pour m'aider, il a l'air plus intéressé par les bars et les petites Thaïlandaises que par ses concitoyens.

Le lendemain, je suis réveillé à l'aube et transféré à la prison avec trois de mes compagnons de cellule. Harry a droit à un traitement particulier, il porte des chaînes aux pieds. Il semblerait que la possession de drogue est le pire des crimes. Arrivés à la prison, nous sommes déshabillés, fouillés et rasés. Ensuite nous sommes conduits à notre cellule. Elle fait douze mètres de long et quatre mètres de large, il y a déjà une cinquantaine de prisonniers. Un simple trou dans le sol fait office de toilette, sans ventilation l'odeur est étouffante. J'ai toujours respecté la loi dans mon pays, je ne jamais fait d'excès de vitesse, et je me retrouve à dix mille kilomètres de mon pays enfermé avec des criminels. Que sais-je, ont-ils tué ou violé ? Je ne suis pas en sécurité ici, tout pourrait m'arriver. « Bienvenue en enfer », me dit Geoff, un quinquagénaire qui précise être Canadien car il a horreur d'être pris pour un Américain. Il a la tête d'un touriste sexuel comme il y en a beaucoup ici. Je ne lui fais ni plus ni moins confiance qu'à un autre.

Une cloche retentit, un gardien vient ouvrir la porte et les détenus sortent doucement en file indienne jusqu'à une cour où chacun prend une gamelle. Un par un, un maton leur verse des os de poisson dans de l'eau chaude épicée et du riz. Après le repas, les Thaïlandais partent tandis que les étrangers restent dans la cour. Je fais la connaissance de Guy, un Belge qui est ici depuis deux mois pour avoir vandalisé un portrait du roi un soir où il avait trop bu.

- Les étrangers sont exempts de travailler, mais il y a des jours où je préférerais être avec les Thaïs, ça me passerait le temps et j'aurais un peu d'argent de poche pour agrémenter mon quotidien. J'ai déjà lu tous les livres de la bibliothèque qui en valaient la peine, c'est-à-dire deux. Autrement, on s'entraine au foot. Le problème c'est que jouons beaucoup mieux que les Thaïs. C'est normal, nous avons beaucoup plus de temps pour nous entrainer. Quand nous jouons contre eux, nous les laissons gagner de temps en temps, sinon ils se mettent en rogne.

Ensuite nous sommes enfermés jusqu'au lendemain matin. Ma couche fait environ trente centimètres de large et la longueur de mon corps, je ne peux aller ni à gauche ni à droite sans m'appuyer sur une autre personne. Je ne peux pas étendre mes jambes sans donner des coups de pied à quelqu'un. Les lampes fluo restent allumées toute la nuit, mais l'épuisement gagne le dessus et je m'endors enfin.

Le lendemain, un gardien m'appelle, je me demande pourquoi. Je vais essayer d'apprendre le Thaï, cela me servira si je vais être ici pour longtemps. Une bonne surprise m'attend, c'est le Père Théodore qui est venu me rendre visite.

- Pierre, je me suis inquiété lorsque j'ai vu que la police t'emmenait. J'étais convaincu que tu ne pouvais pas avoir fait quelque chose de mal. C'est le consul qui m'a dit où tu étais et pourquoi. Je devais rentrer hier, mais j'ai prolongé mon séjour pour faire ce que je peux pour t'aider, car je vois que tu en as bien besoin.

- Merci Père, tu ne peux pas savoir à quel c'est important pour moi.

- Tu sais, je suis familier avec ce lieu et avec les souffrances qui se vivent ici. Je compatis avec toi de vivre dans cet enfer. Paradoxalement, il m'est cher, car c'est ici que j'ai découvert le Christ. Je me suis rendu compte que le monde du plaisir auquel je m'étais dévoué ne pouvais pas me sauver. J'étais son esclave et il m'avait abandonné. Il a fallu que je sois plongé dans les ténèbres du désespoir pour que je voie la lumière de Jésus. Il avait toujours été près de moi, Il n'attendait qu'une chose, que je me tourne vers Lui et Il m'a accueilli les bras ouverts sans aucun jugement. Je ne peux pas dire que tu vivras la même chose que moi ici, car les voies de Dieu sont impénétrables, mais j'espère qu'un jour tu feras toi aussi cette expérience. Je prie pour toi, Pierre, mais je ne fais pas que ça. Je suis allé voir Bua, car j'ai le sentiment qu'elle détient la clef qui te permettra de sortir d'ici. Malheureusement, ma conversation avec elle a été assez brève. Elle a été une des rares personnes ici à voir ton article avant qu'il ne soit bloqué et elle est très fâchée que tu aies porté offense au roi et à sa religion. J'ai dû demander à un de mes amis aux States de m'envoyer ton article par e-mail. Je comprends ton point de vue, mais j'espère que cette mise en garde t'apportera de la sagesse. Les religions sont faites pour rapprocher l'homme de Dieu et trouver un équilibre entre la vie spirituelle et la vie matérielle. Mais peu de personnes trouvent cette harmonie. Les ascètes rejettent le côté matériel pour se focaliser sur le spirituel et beaucoup d'autres font le contraire. Ils oublient les principes fondateurs de leur religion pour ne prendre que ce qui les arrange. Alors ils accumulent de l'argent ou du pouvoir au nom de leur religion et trouvent ça tout à fait justifié. C'est la nature humaine, c'est ainsi que Dieu nous a créé et aucune religion ne pourra changer sa création.

Un gardien lui fait signe d'arrêter.

- Bon, je vois que mon temps avec toi arrive à sa fin, mais ne désespère pas, je suis convaincu que Bua te pardonnera avec le temps.

- Encore merci Père.

- Appelle-moi tout simplement Théo.

Théo m'a donné un peu d'argent pour améliorer mon quotidien. Je l'ai utilisé pour acheter des fruits, du dentifrice et surtout de quoi écrire. J'utilise mon temps libre pour documenter la vie ici. Écrire est le moyen que j'ai trouvé pour garder le moral. En regardant autour de moi, cela m'aide à relativiser, car je trouve toujours quelqu'un dans une pire situation que la mienne. Harry est toujours enchaîné. Tout est plus compliqué pour lui, que ce soit marcher, s'habiller, se doucher ou dormir, et pas question de jouer au football ou faire du jogging. Il passe de longs moments à briquer et à sécher ses chaînes car le frottement du métal lacère les chevilles et les fers rouillés favorisent l'infection. Il fait attention à la météo car par temps de pluie les chaînes s'oxydent rapidement.

Par mesure de sécurité, nous sommes pieds nus, afin que nous ne puissions pas franchir les clôtures électrifies ou les barbelés, mais les sols sont couverts d'arêtes de poisson, de salive et de vomi, de sorte que nos pieds sont noirs.

L'interdiction de travailler n'est pas la seule différence dans la façon dont les étrangers sont traités ; je vois souvent les gardiens frapper les détenus, mais jamais des farangs.

Je vois l'état des malades se détériorer rapidement car aucun médicament n'est admis. Il y a eu quelques cas de tuberculose dont l'issue a été fatale. Les soins médicaux sont considérés comme un luxe inutile pour les prisonniers.

Un jour, cinq détenus et moi-même sommes convoqués au sous-sol ; un gardien nous met des fers et des chaînes aux pieds. Ensuite, un car de police nous conduit au palais de justice. Je n'ai pas encore eu la visite d'un avocat, qui va me défendre ? Je découvre que ce n'était pas la peine d'y penser car je reste toute la journée dans une cellule isolé des autres et à la fin, un gardien me donne un papier écrit en Thaïlandais. Un des détenus qui parle anglais me le traduit, il dit que mon dossier est en cours d'étude et que je devrais revenir dans deux semaines. Guy a eu moins de chance, le juge l'a condamné à trois ans de prison.

Théo me rend visite tous les jours sauf le week-end où les visites ne sont pas autorisées. Sa venue ensoleille ma journée et je pleure quand je retrouve ma cellule. Il donne des nouvelles rassurantes à Justine qui invente de nouveaux mensonges à mes parents. Louis voulait venir à Bangkok, mais elle est arrivée à le dissuader. Un jour, de retour dans ma cellule je m'adresse à Dieu.

- Mon Dieu, je ne sais pas encore qui tu es, mais permet moi de te demander humblement ton aide, car ma situation est inextricable. Tu le sais, je suppose, et si tu penses que c'est bien fait pour moi car je n'ai été qu'un pauvre mécréant, je l'accepte. Pendant toutes ces années, je t'ai rejeté, je le reconnais. Aujourd'hui, je suis un autre homme, crois-moi. Selon mes amis Louis et Khaled, tu es un dieu de miséricorde, alors je fais appel à ta mansuétude et te demande pardon.

Je ne sais pas si ma prière sera exaucée, mais elle m'a enlevé un poids et pour la première fois depuis que je suis ici, je m'endors avec une sensation de paix intérieure. Je me sens réconcilié avec Dieu comme Théo l'a été lui aussi. Cette prison est vraiment un lieu spirituel, je n'avais jamais senti cela dans une église.

Un jeune homme m'observe en train d'écrire, je lui fais signe d'approcher. Il s'appelle Nattawud et parle Anglais.

- Qu'est-ce que tu écris ?

- J'écris au sujet de la vie ici, des autres prisonniers et leur histoire.

- Tu vas publier un livre ?

- Je ne sais pas encore, mais pourquoi pas ? Avant, j'écrivais des romans, c'était mon métier.

Ses yeux s'illuminent.

- C'est vrai ? Quelle chance tu as !

- Oui, cela me plaisait beaucoup de faire rêver mes lecteurs. Mais un jour j'ai perdu mon inspiration et je n'ai plus pu écrire une ligne. Ensuite, un ami m'a donner l'opportunité d'écrire un blog et c'est cela qui m'a conduit ici. J'ai commis l'erreur d'offenser votre roi. Ce n'était pas mon intention, crois-moi. J'ai simplement remarqué que sa richesse énorme ne semblait pas compatible avec sa foi bouddhiste. J'ai été arrogant en voulant lui donner une leçon.

- Ah, mais est-ce que tu sais qu'il fait beaucoup de donations pour la santé et la jeunesse ?

- Non et je pense qu'il donne le bon exemple en agissant ainsi.

- Si tu regrettes ta mauvaise action, écris-lui pour demander sa grâce. Je pourrais t'aider à le faire, car j'en ai moi-même écris une. J'ose espérer qu'elle lui soit parvenue, mais c'était il y a six mois et je n'ai pas eu de réponse. Je lui ai dit que je regrettais beaucoup ce que j'avais fait et que dès que je sors de prison, je voudrais faire quelque chose pour empêcher les jeunes de commettre les mêmes erreurs que moi.

- Qu'est-ce qui t'amène ici ?

- J'ai pris des drogues, comme beaucoup de jeunes dans mon quartier. Je n'ai pas vraiment d'excuses, car j'ai eu une bonne enfance, des parents qui m'aiment et qui m'encouragent et une bonne éducation. J'avais des bons résultats à l'école, je voulais être médecin. J'avais une petite amie dont j'étais follement amoureux ; le jour où elle m'a quitté, j'étais déprimé, je ne voulais plus vivre. En fait j'étais une proie pour le dealer de ma classe. Il m'a proposé du Ya Ba et malgré que je m'étais juré de ne jamais toucher à la drogue, je me suis dit que je n'avais plus rien à perdre. Cette drogue, c'est terrible, une fois que j'ai commencé, je ne pouvais plus m'en passer. C'était elle qui me contrôlait, j'étais son esclave. J'avais perdu le respect de moi-même et des autres. Mes notes ont commencé à chuter et j'ai fait des choses que je ne me serais jamais cru capable de faire. Je volais de l'argent pour pouvoir me payer ma dose, je parlais mal à mes professeurs et à mes parents. Je leur ai fait beaucoup de peine et j'ai honte.

- Tu as eu un moment de faiblesse, ça peut arriver à tout le monde. C'est humain, il ne faut pas t'en vouloir, cela n'aide personne.

- Je veux réparer le mal que j'ai fait, mais je ne sais pas comment.

- Tu pourrais écrire ton histoire pour montrer aux jeunes à quel point c'est facile de tomber dans le piège de la drogue et le mal que ça peut faire. Ils n'ont certainement pas envie de faire un séjour ici !

- Un livre ? Ça va les ennuyer.

- Ils n'aiment pas lire ?

- La seule chose qu'ils aiment lire, c'est les mangas.

- Pourquoi ne pas écrire ton histoire sous forme de bande dessinée ?

- Je n'y avais pas pensé.

- Tu aimes dessiner ?
- Oui, j'aime beaucoup.
- Moi je ne sais pas du tout, mais je peux t'aider à raconter ton histoire pour qu'elle touche tes lecteurs. Commence par décrire ta vie ici, et fait des retours en arrière pour qu'ils voient le chemin qui t'a mené ici. Il y a une histoire d'amour, ils pourront s'identifier à toi. Voici du papier et un crayon pour que tu puisses commencer.

Sous mes yeux, ce jeune homme contrit et troublé se transforme. Il a trouvé un moyen de rédemption qui va donner du sens à sa vie. Chaque jour, nous avons rendez-vous et il me montre ses dernières feuilles. Il gagne de l'assurance de jour en jour, mais sollicite toujours mon avis. La bande dessinée est un support différent pour écrire une histoire, mais certains principes de base de l'écriture s'appliquent. Ainsi, je peux conseiller Nattawud, qui me confie son travail car il pense qu'il sera plus en sécurité avec moi. Il est plutôt fier qu'un écrivain soit son mentor. Dès que la nouvelle se répand qu'un écrivain fait partie des détenus et qu'il documente la vie en prison, d'autres prisonniers veulent me confier leur histoire. Je fais attention, car j'ai peur que cela ne soit pas du goût de tout le monde. En effet, le directeur me demande de lui confier mon manuscrit, car dit-il, il adore la lecture. Les feuilles de Nattawud restent bien cachées, ce serait trop dommage qu'elles soient confisquées. Je ne sais pas quand je retrouverai les miennes.

Les jours passent, semblables aux autres. Un autre voyage au palais de justice n'aboutit pas plus que le premier. Théo continue à venir me voir. Il a réussi à obtenir du conseil mondial pour l'harmonie interreligieuse qu'il continue à lui payer sa chambre et a essayé de faire pression pour que ses dirigeants interviennent auprès du roi, mais sans résultats. Leurs avis sont partagés, certains trouvent cela injuste mais ne veulent pas risquer un incident diplomatique. La plupart en revanche ont d'autres priorités et trouvent que quand on ne respecte pas la loi, il faut en subir les conséquences.

Assis sur le bord d'un étang, je regarde mon reflet dans l'eau. Dans ce reflet, je suis enfermé dans une cage d'oiseau. J'ai du mal à respirer. J'essaie de crier, mais pas un mot ne sort de ma bouche. Le vent se lève et trouble l'eau. Une énorme fleur de lotus glisse vers moi. Elle s'ouvre pour laisser envoler une colombe enveloppée d'une lumière argentée. Je reprends ma respiration normale et une cloche sonne au loin.

Je suis réveillé par un de mes colocataires qui m'a marché dessus en se levant. Il est nouveau ici, il n'a pas l'habitude. Je n'arrive pas à me rendormir et me lève de mauvaise humeur. Je suis convoqué dans le bureau du directeur, je me demande s'il va enfin me rendre mon manuscrit. Une surprise m'attend, c'est Bua.

- Monsieur Valdo, dit le directeur, vous avez une visiteuse de marque mais je crois que vous vous connaissez.

- Pouvez-vous nous laisser seul, Monsieur le directeur, demande Bua.

- Ce n'est pas admis par le protocole, Mademoiselle Gurawang.

- Rassurez-vous, j'ai entière confiance en Monsieur Valdo. J'insiste, dit-elle avec autorité.

- Bien, mais s'il y a quoique ce soit, un garde restera à porte, prêt à intervenir.

Je commence à bredouiller des excuses de l'avoir heurtée, mais elle m'interrompt.

- Tout d'abord, je te dois des explications, Pierre. Je ne t'ai pas tout dit sur moi. Je suis fiancée au petit-fils du roi. Pendant qu'il fait son noviciat dans un temple de la région d'Isan, je contribue à ma façon à divers projets dans mon pays quand mes études me le permettent. La conférence était importante, car elle devait donner une autre image au monde que celle d'un pays frivole et sans moralité. C'était considéré très peu risqué pour moi de côtoyer des croyants de différentes religions et le palais avait accepté que je m'y rende sans escorte. Quand ton article a été publié, j'avoue que je me suis sentie trahie et j'ai eu beaucoup de colère. Mon maitre spirituel m'a conseillé de faire des exercices de méditation pour me purifier de cette énergie négative. Celui qui m'a vraiment aidé, c'est ton ami, le père Théodore. Il a plaidé en ta faveur en me faisant part de ton regret et ton chagrin et de l'importance du pardon dans votre religion. « Jésus a pardonné ses bourreaux et il a enseigné à tous ses disciples d'en faire autant », a-t-il dit. Cela m'a surpris puis j'ai réalisé que le pardon est un moyen de se purifier. C'est une preuve de sagesse, et c'est la qualité la plus importante dans le bouddhisme, elle surpasse la foi et l'amour. D'ailleurs, le mot Bouddha vient de « Bodhi » qui veut dire sagesse.

Elle me sourit.

- Pierre, je te pardonne pour ta maladresse et ton ignorance.

- Merci Bua, du fond de mon cœur.

- Je suis intervenue auprès du roi pour obtenir ta grâce. Il a voulu savoir exactement ce que tu avais dit, car il est rarement au courant des poursuites pour lèse-majesté. Il n'a jamais intenté de procès à ce sujet et il a même encouragé la critique. Dans un de ses discours, il a dit « Je dois aussi être critiqué. Je n'ai pas peur que cela concerne ce que j'ai fait de mal. Si on dit que le roi ne peut pas être critiqué, cela veut dire qu'il n'est pas humain. Car le roi peut se tromper et faire du mal ». Ton article l'a fait sourire. Il t'a accordé sa grâce et m'a chargé de te la transmettre. Il veut que tu saches qu'il utilise une partie de sa fortune pour faire du bien dans son pays. Il souhaite que tu nommes une cause à laquelle il fera une donation spéciale.

- Il se trouve qu'il y en a une. Un jeune homme est enfermé dans cette prison pour possession de drogue. Il a énormément de regret et souhaite faire quelque chose pour empêcher les jeunes de chuter comme il l'a fait. Je lui ai suggéré d'écrire au sujet de son expérience pour les sensibiliser. Il a commencé avec mon aide. Si le roi voudrait bien lui accorder sa grâce à lui aussi et l'aider à réaliser ce projet, il en serait très reconnaissant. Il a bon cœur et il a beaucoup de potentiel.

Bua sourit, ce projet a l'air de lui plaire.

- Le roi souhaite que notre nation puisse prospérer en utilisant les talents de tous. La drogue est un poison qui menace l'aboutissement de cet objectif. Je suis convaincue qu'il sera d'accord. Je vais demander au directeur qu'il le fasse venir, je voudrais le rencontrer.

Quelques minutes après, Nattawud arrive, l'air inquiet. Il ne sait pas pourquoi il a été convoqué. Bua se présente et il se prosterne devant elle.

- Oh futur reine de notre pays, que puis-je faire pour vous ?

- Rien, c'est moi qui vais faire quelque chose pour toi. Je suis heureuse de te rencontrer. Pierre m'a parlé de ton projet et je vais le présenter au roi pour qu'il t'accorde sa grâce, comme il l'a fait à Pierre. Cela permettra qu'il se réalise sans tarder.

Nattawud se tourne vers moi, perplexe. Il n'arrive pas à le croire. C'est inespéré et inimaginable. Il reste un instant sans rien dire, ébahi.

- Dites au roi que je suis son humble servant et que je ferai tout pour qu'il ne soit pas déçu de m'avoir accordé sa confiance.

- Je n'y manquerai pas. Vous avez perdu trop de temps ici, je vais le voir le plus vite possible pour que vous soyez libéré sans tarder. Quant à toi, Pierre, tu es libre dès maintenant. J'ai prévenu le Père Théodore, il t'attend à la sortie.

- Nattawud, je ne quitterai pas le pays avant que tu sois libéré ; ainsi, je pourrai venir te voir chaque jour.

- Merci pour ton soutien Pierre, tu m'as sauvé la vie et grâce à cela j'espère sauver d'autres vies.

Quand je sors de la prison, Théo est en train de jouer au foot dans la rue avec des enfants.

- Ils jouent vraiment bien, dit-il en me voyant.

Ils rient de battre ce farang à leur sport favori ; je me dis qu'ils riront encore plus s'ils peuvent battre un deuxième farang et c'est ce qui arrive.

- J'ai cru que tu serais pressé de rentrer.

- J'ai vu là un moment de joie spontanée et je voulais en faire partie, cela m'a tellement manqué en prison. Si tu avais vu le visage de Nattawud quand il a réalisé ce qui lui arrivait. Il a mis du temps, mais sa joie était palpable. C'est grâce à toi, Théo, tu as bien œuvré.

- Avec l'aide du seigneur, tout est possible.

- Tu crois vraiment qu'Il est intervenu ?

- Il se soucie de chacun de nous, et c'est dans la prière que nous pouvons construire notre relation avec lui. Je te souhaite d'en faire toi-même l'expérience.

- J'ai prié pour la première fois en prison. Je ne peux pas dire que l'effet a été aussi radical que pour toi, mais cela m'a conforté.

- Il y a autant de chemins différents vers Dieu qu'il y a d'individus. Ce qu'ils ont en commun, c'est l'amour. C'est de cela que ces chemins sont faits. Ils peuvent être plus ou moins longs, avoir plus ou moins d'étapes ou d'interruptions, peu importe. Ce qui compte c'est la destination, et comme Dieu est amour, il est à la fois la destination et le chemin.

Une semaine plus tard, Théo et moi attendons Nattawud à sa sortie de prison. Tout est arrivé très vite, ses parents n'ont pas eu le temps de venir. Ils habitent à trente-cinq kilomètres de Bangkok où une voiture du palais va le conduire. Il souhaite passer quelques semaines chez eux avant de revenir à Bangkok où il sera attendu dans le bureau de la fondation pour la sensibilisation de la jeunesse aux dangers de la drogue que Bua a créée.

- Venez avec moi, mes parents veulent absolument vous connaitre et vous témoigner leur reconnaissance.

- D'accord, nous n'avions rien de prévu, répond Théo.

- Regardez, le roi m'a fait parvenir un exemplaire dédicacé de son livre.

- Je ne savais pas que le roi était un écrivain.

- Il est aussi musicien et compositeur. Ma mère se rappelle qu'il jouait du jazz en direct à la radio et qu'il a joué avec des grands musiciens comme Benny Goodman.

Les parents de Nattawud ont préparé un véritable festin pour nous remercier et notre chauffeur se joint à nous.

- Grâce à vous, notre fils est revenu dans le droit chemin, dit sa mère.

- Il y était déjà, nous l'avons simplement aidé en enlevant des obstacles. Il a beaucoup de potentiel, il a simplement besoin de moyens pour le réaliser. Le roi et la princesse ont étés très généreux car c'est une cause qui leur tient à cœur.

- Nous n'aurions jamais pu imaginer qu'il tombe sous l'emprise de la drogue, nous pensions que cela faisait partie du monde des enfants défavorisés. Cela montre que nous n'avons pas été d'assez bons parents.

- Au contraire, cela peut arriver dans n'importe quel milieu. Les parents ne peuvent pas empêcher les enfants de faire des bêtises. S'ils sont sensibilisés aux conséquences que la drogue peut avoir, ils n'en auront pas envie. Nattawud va leur montrer ce que c'est que la prison. La princesse pense que ce serait une bonne idée qu'il aille parler dans les écoles.

- Mais ça sera un travail à temps plein ! dit son père.

- Il sera rémunéré par la fondation. C'est une expérience excellente qui lui donnera des possibilités pour le futur.

Ses parents rassurés pour l'avenir de leur fils et notre ventre bien rempli, nous rentrons à Bangkok où nous préparons notre départ. Ma dernière soirée avec Théo est l'occasion de faire le bilan.

- J'ai eu ma dose d'aventures, je voudrais que ça s'arrête pour reprendre une vie normale, si seulement je savais ce que c'est. Je n'ai pas fait de projets pour mon retour. J'ai perdu mon inspiration qui faisait de moi un écrivain et de toute façon, qu'est-ce que cela a apporté au monde ?

- Du bonheur à tes lecteurs ?

Je repense à l'être de lumière, Comment vais-je répondre à sa question sur ce que j'ai fait de ma vie ?

- Si tout ce qui m'est arrivé n'était pas par hasard, cela veut dire que ce n'est pas mon destin de continuer à écrire. Je pourrais retourner à mon métier de professeur.

- Il n'y a pas que ce que tu fais qui importe, il y a le cœur que tu y mets.

- Écrire était un moyen de m'évader. C'est à cause du succès que mes livres ont eus que j'ai quitté cette profession. Je dois dire que j'étais découragé car je pensais vraiment faire une différence dans la vie de mes élèves mais je n'arrivais à les motiver.

- Il suffit que tu touches la vie d'une personne. Mère Térésa disait « Nous réalisons que ce que nous accomplissions n'est qu'une goutte dans l'océan. Mais si cette goutte n'existait pas dans l'océan, elle manquerait. »

- Elle était vraiment extraordinaire.

- En fait, nous pouvons tous l'être, si chacune de nos actions ordinaires est faite avec un amour extraordinaire. Le Christ ne demandera pas la quantité de travail que nous aurons accomplie mais combien d'amour nous y avons mis. Penses-y et restons en contact, je serai là pour t'écouter quand tu en auras besoin. Et n'oublie pas, le seigneur est aussi à ton écoute, il n'attend qu'une chose, c'est que tu lui parles.

- Dommage qu'il ne puisse pas me répondre.

- C'est là où tu te trompes, il a une multitude de façons de communiquer avec nous, il suffit d'ouvrir ses yeux, ses oreilles et surtout son cœur. Cela peut être une parole d'un ami ou d'un inconnu, une lecture, un rêve ou quelque chose d'inattendu qui se passe. Soit attentif, un message peut se cacher derrière un détail banal de ta journée. Nos chemins se séparent, mais ce n'est que provisoire car ils se croiseront à nouveau, sur terre ou au ciel. En attendant, je te donne un exemplaire de la parole de Dieu, telle qu'elle a été transcrite par les hommes.

La bible que Théo m'a laissée est devenue mon livre de chevet. Le livre le plus lu au monde, et dire que je ne l'avais jamais ouvert. Il m'a conseillé de commencer par les évangiles. Ce mot veut dire « bonne nouvelle », et quelle meilleure nouvelle peut-on avoir que la promesse de la vie éternelle ?

Je continue avec les épitres, les psaumes et le cantique des cantiques, je m'émerveille devant la diversité des styles. Je comprends pourquoi Théo m'a souligné que la parole de Dieu était transcrite par les hommes. Elle est imparfaite comme le sont les hommes, et ceux qui ne considèrent pas le contexte dans lequel ces livres ont été écrits finissent par oublier le message d'amour que la Bible contient. C'est cela qui alimente la soif de pouvoir et de domination de certains hommes qui justifient leurs actions par leur interprétation des écritures. Je dirais à ceux qui prennent la Bible au pied de la lettre de faire attention car il y est écrit « il n'y a point de Dieu ». En fait, le verset entier est « Le méchant dit avec arrogance: Il ne punit pas! Il n'y a point de Dieu! ».

Depuis ma panne d'idées, mes certitudes ont été ébranlées et mes doutes se sont envolés. Je crois avoir trouvé la foi, mais est-ce cela que la dame en noir a qualifié de plus précieux que tous les trésors du monde ? Non, je ne suis pas encore arrivé à destination, le vide en moi n'est pas encore comblé. Ma chasse au trésor n'est pas terminée, j'attends de voir où elle va me mener.

VI

*« Celui qui enseigne et montre le droit chemin communique
la vie »*
Proverbe malgache

Un camion de télévision est stationné devant mon
immeuble ; Justine m'assure qu'elle n'a parlé à personne de
mon périple thaïlandais, donc cela ne doit pas être pour moi.
Je ne veux pas prendre le risque, je resterais chez elle le
temps que ça se calme.

- Comment fais-tu pour te mettre dans des situations
pareilles ? me demande Philippe, ta vie commence à
ressembler à un roman !

- Oui ça doit être ça. J'avais cru avoir perdu mon
imagination, mais en fait elle se manifeste dans ma vie. Je
crains ce qu'elle me réserve encore, j'aimerais mieux qu'elle
me laisse tranquille.

- Encore une aventure comme ça, et tu pourras écrire une
autobiographie qui fera un carton !

- Je pensais plutôt reprendre mon métier.

- Tu ne vas pas trouver ça dur de reprendre le train-train ?

- Tu rigoles, c'est ce que je veux le plus !

- J'ai vu Louis, hier, il avait l'air en pleine forme, dit Justine.

- Il y a du nouveau sur sa rechute ?

- Il n'en a pas parlé, mais tu pourras lui demander demain soir, je l'ai invité.

- Croyez-vous aux miracles ? nous demande Louis.

- De quel genre ? répond Justine.

- Il m'en est arrivé deux ! Le premier, c'est que je suis tombé amoureux.

- De qui ? Raconte-nous, s'exclame Justine.

- Maria, la gardienne de l'immeuble de Pierre. On s'est croisé au marché. Je ne me souvenais pas bien d'elle, mais elle m'a posé des questions sur mon état de santé. Elle m'a dit qu'elle voulait me montrer quelque chose qui pourrait m'aider et m'a invité chez elle. Elle m'a fait goûter de ses délicieuses pâtisseries et m'a parlé de la guérison miraculeuse de sa mère. Elle m'a demandé si j'étais croyant et je lui ai parlé de ma rencontre avec l'être de lumière. Ensuite elle a pris une bouteille d'eau bénite qu'elle a ramenée de Fatima, elle a mis de l'eau sur ses doigts et m'a fait un signe de croix sur mon front en disant « Au nom de notre sainte mère Marie, je vous bénit en lui demandant qu'elle veuille bien vous accorder la guérison ». Je l'ai remercié et je l'ai invité à diner, ce qu'elle a eu du mal à accepter car elle ne doit pas recevoir de contrepartie pour les bénédictions. « Rassurez-vous, c'est pour le plaisir de passer un moment avec vous », je lui ai dit. Elle a rougit comme une tomate avant de dire oui. Nous avons passé une soirée merveilleuse, elle m'a parlé de son pays, moi de mes livres. Demain, je suis invité chez elle.

- Et le deuxième miracle ?

- Mon docteur a demandé que je refasse des examens. Il ne comprend pas que sur les derniers clichés, il ne voit plus une seule tumeur. Il pense que c'est impossible et qu'il doit y avoir une erreur. Je suis convaincu du miracle, mais si vous voyez Maria, ne lui dites pas, je veux lui faire la surprise.

- Quelles nouvelles formidables ! Je vais sortir le champagne, s'exclame Justine.

- Ce serait arrivé il y un an, je ne l'aurais pas cru, mais maintenant plus rien ne me surprend, dis-je.

Le camion de télévision est reparti le lendemain mais j'ai attendu quelques jours avant de rentrer chez moi, car j'avais besoin de ne pas me retrouver tout seul. Mon voisin a l'air content de me revoir.

- Monsieur Valdo, il m'est arrivé quelque chose d'incroyable, dommage que vous n'étiez pas là pour le voir !

- Dites-moi.

- Mercredi soir je suis allé voir Johnny au palais des sports. C'était génial, comme à chaque fois. Johnny vous savez, c'est comme du bon vin, avec l'âge il est de plus en plus bon. Le lendemain de bonne heure, on frappe à ma porte, c'est le manager de Johnny. « Vous êtes bien Claude Marcel ? », me demande-t-il. « Oui, c'est bien moi », je réponds. « Johnny voudrais passer vous dire bonjour comme promis lorsque vous étiez allé le voir dans sa loge. Je tenais à vous prévenir un petit peu en avance, est-ce que quatorze heures serait convenable ? ». Alors vous savez, je n'ai pas fait le difficile, j'ai prévenu mon Frère que je ne pourrai pas venir au travail. Il était plutôt jaloux, il aime bien Johnny, même si ce n'est pas autant que moi. Ce que je ne savais pas c'est que FR3 avait été prévenu. Heureusement, j'ai eu le temps de m'habiller. Je m'étais acheté une nouvelle veste en cuir pour préparer ma prestation au bar des trois tours. Il va y avoir une soirée Johnny, nous serons cinq imitateurs et le public votera pour le meilleur. C'est Samedi prochain à vingt heures. Je compte sur vous bien sûr. Donc Johnny est arrivé, nous avons parlé un moment, il a admiré ma collection, mais le clou de la journée, c'était notre duo de « Quelque chose de Tennessee ». FR3 m'a donné l'enregistrement qu'ils en ont fait, vous avez le temps de le regarder ?

- Ça serait avec plaisir, mais je rentre d'un long voyage, je voudrais me reposer. À une autre fois ?

- D'accord, j'y tiens. Vous devez être déçu d'avoir manqué ça. Au fait, je me rappelle maintenant où j'ai vu votre nom. Ma grand-mère habitait rue Pierre Valdo à Lyon, dans le cinquième arrondissement. Par contre, je n'ai jamais su qui était ce Pierre Valdo, peut-être un écrivain ? Je ne lis pas beaucoup alors je ne l'aurais pas reconnu.

Non ce n'est pas un écrivain, Louis l'aurait su, Guillaume aussi. Ils m'aurait conseillé de publier mes romans sous un autre nom. Si je m'étais appelé Victor Hugo, j'aurais bien été obligé. C'est aux parents de faire attention aux prénoms qu'ils donnent à leur enfant. Je me demande si les miens savaient que j'ai un homonyme. Cela ne m'a pas posé de problèmes, il ne doit pas être connu. Je jette mon filet dans la mer d'informations que contient Internet et parmi une maigre pêche, cet article attire mon attention :

Autour de l'an 1170, lors d'un rassemblement des gens riches et puissants de la ville de Lyon, Pierre Valdo, lui-même un riche marchand, se réjouissait de toute cette compagnie prestigieuse et du festin auquel il participait. Alors que Valdo était en train de parler avec un des dirigeants principaux de la ville, l'homme s'effondra sur le plancher, mort. Perplexe et abasourdi, Valdo se tenait là, tremblant, le regard fixé sur le visage d'un blanc fantomatique de l'homme à ses pieds. Cette mort soudaine frappa Valdo comme un éclair. Il n'arrêtait pas de se répéter: « Ça aurait pu être moi. Suis-je prêt à mourir? ».

Il ne pouvait penser à autre chose qu'à la brièveté de la vie et qu'à l'état de son âme. Peu de temps après, alors qu'il marchait sur la place au centre de la ville, il entendit un ménestrel qui chantait une ballade au sujet de saint Alexis, un homme qui avait donné toutes ses richesses pour rechercher Dieu et servir les autres. Pierre Valdo se demanda si Dieu ne l'appelait pas à faire de même. En lisant la Bible par lui-même pour la première fois, la beauté et la puissance des mots le remplirent d'une admiration respectueuse. Le message que le Christ avait adressé au jeune homme riche semblait avoir été écrit juste pour lui: « Va, vends ce que tu possèdes, donne-le aux pauvres… Puis viens et suis-moi. ».

C'est ce qu'il fit. Il vendit tout ce qu'il possédait, donna l'argent à des gens dans le besoin et commença à enseigner aux autres la bonne nouvelle de Jésus-Christ. Ceux qui s'étaient joints à lui pour suivre les enseignements de la Bible étaient appelés par certaines personnes les pauvres de Lyon, alors que d'autres les appelaient les vaudois. Ils voyageaient deux par deux. Pieds nus, revêtus d'un vêtement tout simple, sans argent, ils prêchaient aux pauvres et leur faisaient la lecture du Nouveau Testament traduit en français. Vers la même époque apparut l'ordre des frères mineurs, fondé par saint François d'Assise, fils d'un riche marchand de cette ville d'Italie, par réaction contre la puissance grandissante de l'argent dans la société ecclésiastique et laïque. Comme les vaudois, les franciscains ne devaient pas posséder de biens ; ils vivaient de leur travail ou d'aumônes et prêchaient dans les villes.

Valdo et ses amis n'avaient pas l'intention de se séparer de l'Église. Ils considéraient que leur travail était d'aider l'Église à revenir à ce que les apôtres et les premiers chrétiens croyaient. Mais lorsque l'archevêque de Lyon ordonna à Valdo et à ses compagnons d'arrêter d'enseigner la Bible et de prêcher au peuple, ils refusèrent en disant: « Nous devons obéir à Dieu plutôt qu'aux hommes. » Quand le pape vit qu'ils continuaient malgré son interdiction, il les déclara hérétiques et ennemis de l'Église de Rome. Peu après, les dirigeants de l'église passèrent une loi stipulant que seuls les prêtres étaient autorisés à lire la Bible et ils ajoutèrent les Bibles traduites dans la langue du peuple à la liste des livres interdits par l'Église. Ils commencèrent alors à persécuter les vaudois avec acharnement, brûlant des milliers d'entre eux sur le bûcher, de même que leurs copies de la Bible, et chassant les autres de Lyon.

Au cours des siècles qui suivirent, alors que l'Église de Rome s'éloignait de plus en plus du message essentiel de la Bible, les vaudois rejetaient les enseignements de l'Église de Rome au sujet des indulgences, des prières aux saints, du purgatoire et d'autres idées non bibliques. Ils furent persécutés à cause de cela. Ce n'est qu'à partir de la Réforme protestante, qui commença avec Martin Luther au seizième siècle, qu'un grand nombre de chrétiens crurent comme les vaudois.

Un homme en robe de bure prêche au milieu de la place. On se croirait aux journées médiévales de Saint-Antoine-l'Abbaye, sauf que tout le monde est en costume d'époque. Certains passants l'ignorent, d'autres s'arrêtent. Il y en a qui écoutent attentivement, d'autres qui rient entre eux. C'est une bonne distraction en cette journée grise. Sa voix m'est familière mais je ne vois pas son visage, je me rapproche pour le découvrir.

- Les dirigeants de notre sainte mère l'église ont oublié la parole de notre seigneur. C'est écrit ici dans les saintes écritures, croyez-moi, ce n'est pas moi qui le dit, c'est Jésus lui-même, « il est plus facile à un chameau d'entrer par un trou d'aiguille, qu'à un riche d'entrer dans le royaume des cieux ». Alors je vous le dit, les papes, les archevêques et les évêques qui s'enrichissent perdent leur droit d'entrée au royaume des cieux. Méfiez-vous d'eux, qu'ils ne vous entrainent pas avec eux sur leur chemin de perdition. Notre seigneur a dit qu'il ne fallait appeler personne « Père », car il n'y a qu'un seul père et il est dans les cieux. Dites-moi, pourquoi le pape se fait-il appeler Père ? Ignore-t-il la parole divine ou ne retient-il que ce qu'il l'arrange ? La vérité se trouve dans les saintes écritures. Il ne veut pas que vous la connaissiez, il préfère vous laisser dans l'obscurité. Mais la lumière du Christ ne peut pas être éteinte, je suis son humble gardien, venu ici pour combattre les ténèbres de l'ignorance dans lesquelles vous avez été plongés. Méfiez-vous de ceux qui veulent vous priver du salut éternel.

L'homme se tourne vers moi et me regarde en souriant, je le connais bien, c'est moi ! En un instant, je me retrouve au milieu de la foule. Je vois Bua, Khaled, Louis, Nattawud, Justine, Guillaume Maria et Jean-Claude. Ils attendent que je continue, mais je commence à peine qu'un homme vêtu d'un uniforme s'approche. Il a le visage de l'officier Thaïlandais qui m'a arrêté.

- Qui êtes-vous pour prêcher ainsi ?
- Pierre Valdo est mon nom.
- Vous n'êtes pas prêtre, ni clerc de l'église ?
- En effet, cela est vrai.
- Vous n'avez pas le droit de prêcher, arrêtez cela tout de suite.
- Vous entendez ça, braves gens ? Voilà un homme qui voudrait éteindre la lumière. Notre seigneur a dit « On n'allume pas une lampe pour la mettre sous le boisseau, mais on la met sur le chandelier, et elle éclaire tous ceux qui sont dans la maison. Que votre lumière luise ainsi devant les hommes, afin qu'ils voient vos bonnes œuvres, et qu'ils glorifient votre Père qui est dans les cieux. » Glorifiez Dieu, au plus haut des cieux, frères et sœurs et faites le maintenant car vous ne savez ni le jour, ni l'heure de l'avènement du fils de l'homme et de la fin du monde. Tenez-vous prêts, puisque vous ne savez pas quel jour votre Seigneur viendra, ce sera à l'heure où vous ne vous y attendez pas. Quand Il paraîtra dans le ciel, toutes les tribus de la terre verront le Fils de l'homme venant sur les nuées du ciel avec puissance et une grande gloire. Il enverra ses anges avec la trompette retentissante, et ils

rassembleront ses élus des quatre vents, depuis une extrémité des cieux jusqu'à l'autre. Ainsi a parlé notre seigneur. Je ne fais que rapporter sa parole pour qu'elle retentisse partout où j'irai. Je ne cesserai point de proclamer la bonne nouvelle tant que je serai en vie et rien ne m'en empêchera.

- C'est ce que tu crois, mais les autorités ci-présentes ne semblent pas être de ton avis, lance un de mes auditeurs.

- Je n'ai pas peur car nous sommes plus que vainqueurs par celui qui nous a aimés. J'ai l'assurance que ni la mort ni la vie, ni les anges ni les dominations, ni les choses présentes ni les choses à venir, ni les puissances, ni aucune autre créature ne pourra nous séparer de l'amour de Dieu manifesté en Jésus Christ notre Seigneur. Ainsi parle Saint Paul, selon les saintes écritures.

- Bon maintenant, ça suffit, je vous avais prévenu. Gardes, saisissez cet hérétique.

Les gardes m'emmènent sur un bucher où ils m'attachent. Un homme vêtu d'un blouson de cuir s'approche avec une torche et je reconnais Johnny. En enflammant le bucher, il chante « Allumer le feu » et toute la foule assemblée chante avec lui.

Je me réveille en sursaut, il fait aussi chaud que dans un four et la fumée m'aveugle. Je tâtonne autour de moi jusqu'à que je trouve la fenêtre que j'ouvre à toute vitesse. Deux camions de pompiers sont stationnés devant l'immeuble. En me voyant, un pompier positionne l'échelle à la hauteur de ma fenêtre et je suis rapidement en sécurité. Mon voisin est sur un brancard et Maria vient m'informer.

- Il a trop bu et en chantant « Allumer le feu », il a joint le geste à la parole. Résultat, ses rideaux se sont enflammés et lui aussi. Quand je l'ai vu sortir en hurlant, je l'ai enveloppé d'une couverture et j'ai appelé les pompiers. Je voulais monter pour vous prévenir ainsi que les autres, mais le feu s'est très vite propagé. Heureusement que les pompiers ont pu venir rapidement. Je prie notre Sainte Mère pour qu'il n'y ait pas de victimes. Ah Monsieur Valdo, j'avais passé une si bonne soirée avec votre ami Louis, il est vraiment charmant. J'avais beaucoup prié pour sa guérison depuis que vous m'en aviez parlé et la dernière fois que je l'avais vu, je l'avais béni avec l'eau que la vierge Marie avait elle-même béni. Elle a entendu mes supplications et a guéri Louis, il n'a plus une seule tumeur ! J'en étais tellement heureuse que j'en ai pleuré. Il m'a pris la main et me l'a embrassé en me disant que c'était surtout grâce à moi qu'il était guéri. Il m'a fait une déclaration d'amour comme je n'en n'avais jamais encore entendue et a affirmé qu'il s'est senti guéri dès qu'il a commencé à tomber amoureux de moi.

- Je suis vraiment heureux pour vous et Louis, Maria. C'est un homme bon et il vous rendra heureuse.

- Doucement, nous ne sommes pas encore à l'autel !

Je suis à nouveau chez Justine en attendant que mon appartement soit remis en état. Le feu n'a pas épargné beaucoup de choses, mais je remercie Dieu d'avoir été réveillé à temps pour être sauvé. Maria est chez Louis et mon voisin est à l'hôpital.

- Merci d'être venu, Pierre. Avez-vous pu retourner chez vous ?

- Seulement pour constater les dégâts, il n'est pas encore habitable.

- Et mon appartement ?

- Malheureusement, c'est encore pire.

- Ma collection de souvenirs de Johnny, je l'ai perdu ? Dites-moi que ce n'est pas possible ! Elle est irremplaçable, que vais-je faire ? Hurle-t-il en pleurant.

- Claude, vous êtes vivant, c'est le principal !

- Que vais-je faire maintenant ? Cette collection, c'était tout pour moi !

- Vous savez Claude, les épreuves sont parfois des signes de Dieu.

- C'est plutôt un châtiment, mais qu'est-ce que je lui ai fait pour qu'il me punisse ?

- Rassurez-vous, notre seigneur Jésus-Christ a dit que Dieu n'avait pas envoyé son Fils dans le monde pour qu'il juge le monde, mais pour que le monde soit sauvé par lui. Vous pouvez être sauvé Claude, car Dieu a donné son Fils unique afin que quiconque croit en lui ne périsse point, mais qu'il ait la vie éternelle.

- C'est bien beau ça, mais ça ne remplace pas ma collection !

- Je sens une vraie affinité avec mon homonyme ; comme moi il était riche. Il vendait des marchandises, moi des rêves. Il a été frappé par la mort de l'une de ses connaissances, j'ai été touché par la mort imminente de mon meilleur ami. Il se posait les mêmes questions que moi. Il est révolté par la puissance et la richesse de l'Église, ce que je suis aussi, même si elle est beaucoup moins riche et puissante qu'à son époque.

- Vas-tu faire comme lui, donner tous tes biens et partir prêcher pieds nus ? demande Louis en souriant.

- C'est là où s'arrête l'affinité, je ne crois pas que ce soit pour moi. J'ai essayé de donner la bonne nouvelle à mon voisin, mais j'ai échoué lamentablement.

- Tu ne te rappelles pas à quelle point tu avais horreur des prêcheurs qui font du porte à porte ?

- Oui, mais je suis un autre homme maintenant, Je n'ai pas peur de dire que je me suis convertit, comme beaucoup d'autres l'ont fait. Paul persécutait les chrétiens avant de devenir lui-même un apôtre. Aurais-tu cru que le Père Théodore vivait une vie de débauche dans sa jeunesse ? Ce n'est pas arrivé pour moi d'une manière aussi dramatique que sur le chemin de Damas. C'était plutôt progressif, et je dois te remercier Louis, car cela a commencé après ta rencontre avec l'être de lumière. Cela m'a ouvert les yeux.

- Et moi donc !

- Cela a été une graine plantée dans mon esprit qui a germé. La foi pousse en moi comme un arbre de vie, nourrie par la lecture de la bible que m'a donnée Théo. C'est vraiment un livre qui a le pouvoir de changer des vies. Mais si aujourd'hui je ne fermerais pas la porte à un prêcheur, je suis avec l'apôtre Jacques quand il dit « Si un frère ou une sœur sont nus et manquent de la nourriture de chaque jour, et que l'un d'entre vous leur dise: Allez en paix, chauffez-vous et rassasiez-vous et que vous ne leur donniez pas ce qui est nécessaire au corps, à quoi cela sert-il ? ». Des frère et sœurs nus qui manquent de nourriture sont partout, à quelques mètres ou à des milliers de kilomètres, par où commencer ?

- Je me pose la même question. Maria fait des colis tous les mois qu'elle envoie à sœur Gabrielle à Madagascar. Elle a fondé l'association Fanantenana Zanaka, ce qui veut dire « Espoir pour les enfants ». Elle s'occupe des enfants dans les rues et les bidonvilles pour les nourrir et leur donner une éducation, un toit et des soins de santé.

- Je ne dis pas que donner de l'argent où des produits de nécessité n'est pas important, mais je voudrais faire quelque chose de concret sur le terrain. J'aime les enfants, tu crois que je pourrais aider Sœur Gabrielle ?

- Tu irais à Madagascar ? Ta soif d'aventures n'est-elle pas étanchée ?

- Je croyais qu'elle l'était. Quand je suis rentré, je n'aspirais qu'à la tranquillité et à la routine.

- C'est normal, après avoir été enfermé dans une prison à l'autre bout du monde, sans parler d'avoir échappé à l'armée Israélienne et au Hamas.

- Cette fois, c'est pour donner de ma personne. La vie m'a beaucoup donné, je suis en bonne santé, j'ai une famille et des amis qui m'aiment et mon métier m'a permis de vivre sans ne manquer de rien. Maintenant c'est à moi de donner à ceux qui en ont le plus besoin. Jésus a dit « il n'y a pas de plus grand amour que de donner sa vie pour ses amis ». J'aimerais vivre parmi les pauvres, car c'est là que se trouve le Christ, pas dans les églises. Il a dit qu'à chaque fois que l'on nourrissait un affamé où que l'on donnait à boire à un assoiffé, c'est à Lui qu'on le faisait.

Maria a demandé à Sœur Gabrielle si elle avait besoin de volontaires en plus; il se trouve qu'elle cherche un instituteur. L'éducation est une de ses priorités car elle ne veut pas simplement nourrir les enfants aujourd'hui, elle veut assurer leur avenir en leur donnant les moyens de sortir du cycle de pauvreté. Je remercie Dieu de m'avoir donné cette opportunité en pensant à l'amour que Jésus avait pour les enfants et à ceux qui leur ressemblent, ce seront les premiers à être avec Lui.

- Encore un voyage, me dit Justine, inquiète. Dans quel pétrin vas-tu te fourrer cette fois ?

- Cela ne risque rien, je vais m'occuper d'enfants, ils ne vont pas me faire de mal.

- Ils sont si beaux, dit-elle en voyant des photos des enfants dont Sœur Gabrielle s'occupe. Je serais bien venu avec toi pour les prendre tous dans mes bras.

- Tu auras les bras bien remplis rien qu'avec le tien.

Son ventre s'est arrondi et elle rayonne de joie.

- Tu vas y rester combien de temps ?

- Je ne sais pas encore, mais ce qui est sûr, c'est que je reviendrai pour faire connaissance avec ma petite nièce.

J'ai rempli une valise de fournitures scolaires et une autre de jouets en peluches, ils ne pèsent pas lourd. Je n'ai beaucoup d'effets personnels, quelques habits, de quoi écrire et la bible que Théo m'a donnée. Rémi est venu m'accueillir à l'aéroport de Tananarive ; il est directeur de l'école de Sœur Gabrielle.

- Bienvenue dans notre pays Pierre. Nous vous attendons avec impatience. Le nombre d'enfants dont nous nous occupons ne cessent de croitre et il devient difficile de bien s'en occuper. Sœur Gabrielle ne veut pas en repousser, elle dit toujours de ne pas nous inquiéter car le Seigneur pourvoira à tous nos besoins. En effet, dès que je lui ai parlé de mon inquiétude, elle a prié et trois jours plus tard, elle recevait un message d'une dame en France demandant si elle avait besoin de quelqu'un. Quand elle a fait part de votre candidature, Sœur Gabrielle n'était pas du tout étonnée, le seigneur avait tout simplement exaucé sa prière. Elle est un modèle de foi pour nous tous.

- Le Seigneur fait bien les choses en effet, car j'étais à la recherche d'un moyen d'utiliser mes dons pour aider les moins fortunés.

- Ici, ce n'est pas ce qui manque. Sœur Gabrielle a commencé par vivre dans un bidonville près de la décharge pour partager le quotidien des familles. Elle s'est rendue compte qu'il y avait encore plus pauvre, des familles entières vivent dans les rues, et parfois même des enfants tous seuls. Ce sont eux qui l'ont attristée le plus. Ils ont fui des situations intenables : la pauvreté, la perte des parents, la violence. Cela l'a révolté, et depuis elle mène un combat quotidien avec nous pour redonner espoir à ces enfants. Elle nous appelle « les soldats de l'amour », car l'amour est notre arme contre la misère, pas seulement matérielle mais aussi la misère de l'âme.

- Bien, je suis prêt à combattre à vos côtés. Devrais-je l'appeler « mon général » ?

- Ah non, elle a horreur de la hiérarchie ! Vous verrez, elle a du caractère. Elle s'est disputée avec l'évêque qui l'avait réprimandée pour avoir distribué des préservatifs. Le SIDA commence à faire des ravages ici et nous devons tout mettre en œuvre pour éviter une épidémie comme en Afrique du Sud. Si vous l'aviez entendue. « Je m'en fous de ce qu'a dit le Pape, il vit dans le luxe, pas parmi les pauvres et les malades. Il ne sait pas de quoi il parle. Je n'obéis qu'à Dieu. Il est dans mon cœur et c'est lui qui me dicte ma conduite. Je n'ai pas besoin de demander la permission au Pape ! ». L'évêque n'a pas insisté, je crois qu'il est d'accord avec elle, mais il n'ose pas le dire. La réprimande était plus pour la forme bien sûr, pour ne pas perdre sa place, car tout ce sait ici.

- J'ai hâte de la rencontrer.

- Vous aurez de la chance car elle n'arrête pas, c'est un vrai tourbillon. Elle est en train de rechercher un terrain pour la troisième maison de vie. Nous voici arrivés. Nous avons le temps de visiter la maison avant le déjeuner.

La maison est très grande, très calme et très propre, contrairement à la rue. Il y a un dispensaire, un grand réfectoire, une classe de maternelle et trois classes de primaire. À l'étage se trouvent dix dortoirs avec six lits chacun. La plupart sont pour les enfants de la rue et les orphelins, trois sont réservés pour les familles sans-abris qui y restent en attendant de trouver un logement dans le village que l'association a construit à dix kilomètres du centre-ville. Quand la cloche sonne, je m'attends à voir les enfants sortir de leurs classes en courant, mais c'est un défilé très ordonné qui se dirige vers le réfectoire. Les enfants ont tous un uniforme bleu et blanc et un sourire éclatant. Les plus grands servent les plus petits, cela fait partie de l'enseignement de la maison basé sur la parole de Jésus inscrite en grandes lettres dorées, « Les premiers seront les derniers ».

Après le repas, mon travail commence, je fais une leçon de français à la grande classe. La maitrise du français donnera aux enfants un atout non négligeable car c'est la deuxième langue officielle, bien qu'elle ne soit pas parlée par tous les Malgaches. Après une récitation de poème et une dictée, je vois que leur niveau est meilleur que celui de mes classes de quatrième. Ils ont beaucoup de plus de motivation car Sœur Gabrielle leur a montré qu'en travaillant, ils pourraient avoir une meilleure vie.

Rémi m'a offert d'habiter chez lui et je suis reconnaissant d'avoir sa compagnie et celle de sa famille. Ses enfants sont très fiers d'accueillir chez eux un instituteur français et quand je leur demande s'ils veulent bien m'apprendre le malgache, ils en sont honorés.

Le Samedi matin, Rémi m'emmène visiter la ville. J'ai toujours aimé les marchés et celui-là ne me déçoit pas tant il est riche en couleurs et en arômes, sur les étals et tout autour. Je suis attiré par un groupe de musiciens qui se prépare à donner une représentation. Les hommes portent des redingotes rouges à revers noirs et les femmes sont vêtues de robes longues aux couleurs très vives. C'est un orchestre complet avec des tambours, violons, flûtes, clarinettes et cuivres. Les musiciens se mettent en cercle et les spectateurs se font de plus en plus nombreux, discutant entre eux en attendant que le spectacle commence dans un joyeux brouhaha. Un homme se place au milieu et commence un discours d'une voix solennelle, ponctué du miaulement d'un violon et du roulement d'un tambour. Il élève la voix pour qu'elle ne soit pas noyée par la marée des cuivres qui font leur entrée. Les musiciens jouent de leurs instruments de la manière la moins conventionnelle possible. Les violonistes actionnent vigoureusement leur instrument tandis que l'archer reste pratiquement immobile. Je ne comprends pas ce qu'il se dit mais j'apprécie la beauté de la musique et de la danse. Les danseurs prennent par deux ou par trois le devant de la scène. Ils esquissent d'abord un léger balancement d'un pied à l'autre. Et c'est la grande envolée, les jambes fendent l'air, les bras décrivent des figures géométriques ou miment le vol de l'oiseau, les pieds martèlent le sol avec une synchronisation telle qu'on en arrive à oublier que le vacarme provient en fait des tambours. Les sauts se terminent invariablement par un rétablissement dans une position à demi-agenouillée. Le public exulte et c'est sous un tonnerre d'applaudissements que se termine la première partie.

- C'était l'histoire du fils prodigue racontée à la manière Hira Gasy, m'explique Rémi après que j'ai rajouté une pièce à un tas qui s'est rapidement constitué dans un chapeau. Depuis quelques années, il y a un regain d'intérêt pour cette tradition populaire. Ce groupe de Hira Gasy est un des plus réputés, le premier ministre les avait invités pour une représentation personnelle et ils ont refusé, car leur spectacle est fait pour être partagé avec le plus grand nombre. Alors il a convié tous les députés et la troupe n'a pas pu s'empêcher de donner une leçon de morale à ces escrocs. Ils sont tout le temps en train de mentir, de faire des promesses qu'ils ne tiennent jamais ou de signer des accords qu'ils ne respectent pas.

- Rassure-toi, c'est partout pareil. Qu'en ont-ils pensé ?

- Le message a été perdu sur eux, chacun riait en pensant que cela ne concernait que ses adversaires. Quel dommage, je crois bien qu'ils sont incurables, mais il ne faut pas nous prendre pour des imbéciles, nous voyons tous à travers leurs discours. Le problème, c'est que tout le monde pense que ça ne changera jamais. Il y a beaucoup de fatalisme sur notre ile et cela ne nous aide pas à régler nos problèmes. Si on se contente de dire « Ça a toujours été comme ça », c'est sûr que cela le restera.

- Évidemment il y en a à qui ça profite, ça leur permet de rester au pouvoir sans se remettre en question.

- Ils sont moins tranquilles depuis que Sœur Gabrielle est ici. Elle s'est révoltée contre les dessous de tables qui sont monnaie courante. Elle a refusé qu'un seul centime soit versé ainsi lorsqu'il a fallu obtenir un permis de construire pour la deuxième maison de vie. Quand elle a créé un mouvement anti-corruption, elle ne s'est pas fait que des amis, mais elle n'a peur de rien car Dieu est à ses côtés.

Il fait un soleil de plomb, mais tous les fidèles ont mis leurs plus beaux habits pour assister à la messe, c'est une explosion de couleurs. L'église est pleine à craquer tous les dimanches, me dit Rémi. Dès que le prêtre donne le signal, l'orchestre joue une musique endiablée pour accompagner les cantiques. Il n'y a pas de retenue, c'est le moment d'oublier tous les soucis et toutes les souffrances du quotidien pour laisser éclater la joie d'être réunis au nom de Jésus. Hommes et femmes, jeunes et vieux, personne ne reste en retrait. La joie à l'état pur. Mon seul regret est de ne pas connaitre la langue pour comprendre les paroles. Avec l'aide de la feuille de chants, j'arrive à fredonner les refrains. Je n'ai jamais chanté mais je suis emportée par ce raz-de-marée d'allégresse. Je suis convaincu que cette liesse doit faire plaisir à Dieu et j'en pleure d'émotion.

Au moment de la lecture de la bible et de l'homélie, plus un bruit. Le ton est solennel et chacun écoute attentivement. Seul Dieu sait de quelle façon sa parole sera reçue dans le cœur des hommes. Les politiciens peuvent toujours venir faire le beau à l'église mais ils ne peuvent rien cacher à Dieu. Que vont-ils répondre à la question « Qu'as-tu fait de ta vie ? ». Peut-être auront-ils vu leurs erreurs avant d'en arriver là, c'est ce qu'il y a de mieux à leur souhaiter.

L'homélie en malgache terminée, le prêtre la répète en français.

- Jésus a dit : « Gardez-vous de pratiquer votre justice devant les hommes, pour en être vus; autrement, vous n'aurez point de récompense auprès de votre Père qui est dans les cieux. Lors donc que tu fais l'aumône, ne sonne pas de la trompette devant toi, comme font les hypocrites dans les synagogues et dans les rues, afin d'être glorifiés par les hommes. Je vous le dis en vérité, ils reçoivent leur récompense ». Saint Vincent de Paul disait qu'à chaque fois que nous aidons un pauvre, nous devrions nous excuser à l'avance de l'aider, parce que c'est seulement Dieu qui peut aider. Nous ne prenons pas sa place, nous sommes ses envoyés. En fait, il ne peut aider qu'à travers nous, il a autant besoin de nous que nous avons besoin de Lui pour accomplir ses œuvres.

C'est un message d'humilité qui est donné ce jour-là. C'est pour nous remettre en place et nous empêcher de nous prendre pour des êtres hors du commun. Je ne sais pas si c'est nécessaire, je n'ai pas vu les soldats de Sœur Gabrielle faire les fanfarons ou se vanter. Qui sait ? C'est facile d'avoir l'air humble et de se croire supérieur. Je n'ai pas vu ma mission de cette manière, j'ai simplement suivi mon cœur. Est-ce qu'inconsciemment j'ai pensé que j'utiliserai cela pour prouver à l'être de lumière que j'ai fait quelque chose de bien de ma vie ?

Je fais rapidement connaissance avec le personnel de la maison de vie ; la plupart sont malgaches et l'association leur verse un salaire. Mes journées sont bien remplies et variées. Je fais de la remise à niveau des instituteurs en français et en anglais et je les aide à préparer leurs cours pour les matières enseignés en français. Je participe aussi aux classes en prenant en charge les enfants qui ont besoin de soutien. Manu est le plus attachant ; il a un retard de développement dû au paludisme qu'il a eu tout petit, mais il est toujours souriant et éclate de rire à la moindre occasion.

Sœur Gabrielle a hésité à accepter une donation d'ordinateurs, ne sachant qu'en faire, mais quand j'ai proposé de donner des cours d'initiation à l'informatique aux enseignants, elle a demandé de pouvoir y assister elle aussi.

Je ne me sens pas dans mon assiette ce matin, j'ai juste assez de force pour aller jusqu'au dispensaire. Manque de chance, il n'est pas encore ouvert. La lumière est allumée, j'entends du bruit. Je tambourine à la porte.

- Ouvrez, je vous en supplie, c'est une urgence !

Nathalie ouvre, c'est l'infirmière de la maison de vie.

- Pierre, qu'est-ce qu'il y a ?

- Un moustique m'a piqué hier, j'ai attrapé le paludisme !

- Doucement, laisse-moi faire le diagnostic, tu veux bien ? Ou as-tu mal ?

- J'ai le vertige, mal à la tête et la diarrhée.

- Ce n'est pas forcément le paludisme, je vais prendre ta température d'abord... Trente-neuf deux, c'est assez élevé. Je vais te prélever une goutte de sang.

L'efficacité et la douceur de Nathalie font baisser mon angoisse. Elle examine mon sang au microscope.

- Pas de trace de macro gamétocytes, tout va bien, ça doit être simplement une gastroentérite. Prend du Panadol et hydrate-toi bien. Si tu ne vas pas mieux demain, reviens me voir.

- J'espère bien te revoir même si je vais mieux.

Je l'avais déjà vu de loin au réfectoire, c'est la première fois que j'ai le temps de bien la regarder. Elle a des cheveux bruns bouclés, la peau dorée comme le pain d'épice, un visage doux et des yeux pétillants. Elle doit avoir mon âge. En regardant ses doigts fins, je remarquer qu'elle n'a ni bague de fiançailles ni alliance, à moins qu'elle les enlève pour travailler.

J'ai profité d'un après-midi de liberté pour partir à l'aventure explorer Tananarive en pensant avoir déjà trouvé mes repères, mais j'ai fini par me perdre. Personne ne parle français dans ce quartier mal famé, à moins qu'ils fassent semblant. Je ne suis pas vraiment le bienvenu non plus, un homme avec des yeux de drogué m'a craché dessus en m'insultant. Je n'ai reconnu que le mot « vazaha », qui veut dire étranger. Je n'ose pas demander mon chemin aux jeunes filles qui font le trottoir, elles vont croire que je sollicite leurs services. Elles doivent avoir à peine seize ans. J'essaie de ne pas trop attirer l'attention, je garde un profil bas. Deux adolescents s'approchent de moi, je ne comprends pas ce qu'ils me veulent. Ils s'impatientent, leur ton devient menaçant et ils sortent un couteau. Je leur donne le peu d'argent que j'ai sur moi, mais cela ne leur suffit pas. L'un deux me prend le bras et me fait signe d'enlever ma montre. Ce n'est pas une grosse perte, après ma mésaventure en Thaïlande, j'en avais acheté une à vingt euros. Ils comptent les billets que je leur ai donnés mais ils n'ont pas l'air convaincus qu'un vazaha ait si peu. Je leur crie « Pour qui vous me prenez ? Je ne suis pas un riche touriste, je suis simplement venu vous aider à sortir de votre misère et c'est comme ça que vous me remerciez ? ». Je ne sais pas s'ils ont compris, mais ça ne leur a pas plu. Je sens une lame froide s'enfoncer dans mon côté droit et je me sens tomber. Encore une fois, ma vie défile devant mes yeux.

Un plafond noir de crasse, des bruits de voix, une douleur lancinante.

- Au secours !

- Calme-toi Pierre, tu es en sécurité, m'ordonne une voix douce comme le miel.

Je tourne la tête vers Nathalie

- Ou suis-je ? Que s'est-il passé ?

- Je ne sais pas ce que tu faisais dans ce quartier, mais tu as eu de la chance dans ton malheur. Hervé a vu que tu étais en difficulté ; il n'a pas osé intervenir, mais dès que tes agresseurs ont pris la fuite, il est venu me chercher au bidonville où je faisais ma tournée. Je suis venue le plus vite possible et heureusement la lame n'est pas allée loin.

Je t'ai recousu, tu auras une belle cicatrice comme souvenir de Tana.

- Merci, tu m'as sauvé la vie.

- C'est grâce à Hervé.

- Misaotra, Hervé

- De rien. Je les connais ces deux-là, ils font n'importe quoi pour pouvoir acheter leur dose, ils sont très dangereux.

- Dorénavant, fais attention où tu te promènes, me conseille Nathalie.

- Pas de problème. Mais je ne veux pas te retenir, tu as peut-être d'autres patients plus prioritaires.

- J'avais pratiquement fini ma tournée. C'est surtout des vaccinations, des traitements pour le paludisme et de l'éducation préventive auprès des familles. Il y en a qui ne viennent pas au dispensaire, alors il faut aller vers eux. Parfois cela ne suffit pas, ils ne veulent pas se faire soigner.

- Pourquoi, ils n'ont pas confiance ?

- Ce sont leurs croyances traditionnelles qui s'y opposent. Dans le bidonville, la plupart pratiquent la religion traditionnelle. Ils croient à Zanahary, c'est le maître de l'univers.

- Dieu ?

- Oui, mais ils croient que tout est tracé d'avance par sa main et qu'ils doivent respecter le destin qu'il a déterminé pour eux. Si quelqu'un est malade, c'est que Zanahary l'a voulu.

- Et si Zanahary voulait aussi leur guérison ?

- Seul le mpanandro peut le dire, c'est le devin du village ou dans la ville, celui du quartier. Il y en a un dans le bidonville, il faut s'en méfier. Il n'aime pas que nous venions interférer. Il vend des odys, ce sont des amulettes destinées à chasser les maladies. Si l'ody n'empêche pas la maladie, cela prouve que la maladie est la volonté de Zanahary. Si je viens soigner les malades, il a peur que cela fâche Zanahary, et il a beaucoup d'influence sur les habitants du bidonville. Il faut beaucoup de patience et de persévérance pour les convaincre, cela me fends le cœur de voir des malades dépérir alors qu'on a les moyens de les soigner.   Mais certains habitants du bidonville nous font confiance et je leur ai donné comme mission de convaincre les autres. Depuis quelques mois, la situation s'améliore. Il y en a même qui sont devenus chrétiens, bien que ce ne soit pas notre but principal. De toute façon il y a des traditions qu'ils gardent, comme le famadihana. C'est le retournement des morts pour rendre hommage aux ancêtres. Ils croient que les morts accèdent à une vie supérieure et apportent une protection aux vivants. Donc ils sont considérés comme intermédiaires entre les vivants et Zanahary et on peut leur demander des conseils. C'est une fête grandiose, ils ne reculent devant rien pour être en harmonie avec l'esprit des morts.

- Et ta famille, est-ce qu'ils pratiquent cette tradition ?

- Ah non, je n'ai pas de famille ici, je ne suis pas malgache.

- Excuse-moi, j'ai cru …

- Ce n'est pas grave, rassure-toi tu n'es pas le premier. C'est vrai que je me sens presque chez moi maintenant. J'ai l'impression d'être en famille et que tous ces enfants sont mes neveux et mes nièces.

- Ça fait combien de temps que tu es ici ?

- Ça va faire un an le mois prochain.

- Et avant tu étais où ?

- À Grenoble.

- C'est incroyable, moi aussi ! Le monde est vraiment petit.

Elle rit.

- Je ne pensais vraiment pas trouver un Grenoblois ici.

- C'est pour fuir les Grenoblois que tu es venue, ou peut-être un Grenoblois en particulier ?

Ce n'est pas une façon très subtile d'en savoir plus, j'ai peur qu'elle le prenne mal mais si c'est le cas, elle ne le montre pas.

- C'est un projet que j'avais en tête dès que j'ai commencé les études, aider les plus pauvres. Mes parents l'ont mal pris, ils voulaient que je reste près d'eux. Ils n'arrêtaient pas de me dire qu'il y a avait assez de pauvres en France qui avaient besoin d'aide. C'est vrai, mais la misère ici est bien plus grande et il y a tellement d'enfants qui sont abandonnés. Au moins en France, ils sont adoptés. Ici, il y en a qui vont passer toute leur enfance en orphelinat. Sœur Gabrielle est en train de mettre en place un programme pour encourager les familles malgaches à adopter; les enfants adoptés continueront à être scolarisés et à recevoir les soins de santé ici, ainsi que des vêtements. Ce sera plus facile pour les familles qui ont peu de moyens.

- Il n'y a pas de possibilité qu'ils soient adoptés en France ou dans d'autres pays ?

- Les formalités sont beaucoup plus compliquées pour une adoption internationale. Les parents adoptifs doivent passer au moins deux mois à Madagascar, donc le nombre d'enfants adoptés á l'étranger reste assez bas. Les autorités préfèrent que les enfants soient adoptés localement.

Cette question la touche, elle en a les larmes aux yeux. Je suis loin de me douter pourquoi.

Je rentre chez Rémi, elle à la maison de vie où elle a sa chambre. Elle n'a jamais de répit, elle peut être appelée à toute heure de la nuit pour n'importe quel bobo et elle adore ça. Son amour pour les enfants est tel qu'il n'y a pas de place dans sa vie pour autre chose. Malgré cela ou à cause de cela, elle m'attire. Je voudrais mieux la connaitre, mais je ne vais pas pouvoir attendre d'être malade ou blessé pour la voir. Nous avons chacun notre travail qui nous prend beaucoup. Chacun de notre côté, nous adorons nous occuper des enfants, ils ont besoin de beaucoup d'attention et nous ne ménageons pas nos efforts. La pensée que nous contribuons à leur sauvetage est très motivante. L'œuvre collective de tous les employés et volontaires leur donne une deuxième chance et par la même occasion une deuxième chance à ce pays. L'idée me vient d'utiliser mon après-midi hebdomadaire libre à bon escient. Je lui propose de venir l'aider dans ses tournées au bidonville, ce qu'elle accepte volontiers car il y a toujours plus de choses à faire qu'elle a de temps. Au début, je n'ai pas su comment me rendre utile, mais Nathalie m'a dirigé avec un mélange de force et de douceur. J'ai vite fait de me mettre dans le bain et mes efforts pour parler le malgache font rire les enfants car j'ai encore du travail à faire pour la prononciation. Ma présence a suffi pour que le mpanandro laisse Nathalie tranquille. Quand elle venait seule, il venait l'intimider ou la contredire devant ses patients, mais maintenant que je suis là, il n'ose plus.

Un jour je remarque une multitude de dessins affichés dans le dispensaire ; il y a des oiseaux de toutes les couleurs et des portraits d'enfants.

- Ils sont magnifiques ces dessins, c'est toi qui les a fait ?

- Oui, me répond-elle en rougissant. Cela met un peu de gaité et aide à mettre les enfants à l'aise.

- Tu as très bien reproduit leurs expressions, tu as beaucoup de talent.

- Merci. Je dois dire que cela me fait du bien à moi aussi. Ce don m'aide à traverser les moments difficiles. Dès que la tristesse arrive, je la fait fuir en dessinant ou en cousant.

- Qu'est-ce que tu couds, des vêtements ?

- Cela m'arrive, mais ce que j'aime le plus, c'est de faire des petits animaux en feutrine.

- Ah, j'aimerais bien voir ça.

- Je vais voir s'il m'en reste dans mon tiroir à cadeaux ; j'aime donner un réconfort après un soin. J'ai été victime de mon propre succès, les enfants venaient me voir pour un rien parce qu'ils voulaient avoir un cadeau. Quand j'ai commencé à n'en donner que pour les piqures et les raccommodages de blessures, le problème a été réglé.

Elle ouvre son tiroir qui contient un mélange hétéroclite de petites babioles en plastique et d'animaux en feutrine, il y a surtout des oiseaux et des lémuriens.

- Ils ont vraiment un air mignon. Mais au fait, j'y pense... quand tu m'as recousu l'autre jour, je n'y ai pas eu droit, ce n'est pas juste ! dis-je en plaisantant.

- D'accord, je t'en ferai un. Que dirais-tu d'un porc-épic ou d'un caméléon ?

- Si tu me fais un caméléon, il pourra changer de couleur ?

Je ne me lasse pas de l'entendre rire.

- Comment trouves-tu la vie ici ? me demande sœur Gabrielle

- Je suis heureux de pouvoir travailler avec toutes ces personnes qui se dévouent pour les enfants, mais il y a des moments où je me sens submergé par l'ampleur de notre travail. C'est facile de soigner les symptômes de cette épidémie de misère mais je me demande s'il est possible d'en soigner les causes.

- Tu vois, ce que nous donnons aux enfants est une fondation pour l'avenir de ce pays. Ce sont des adultes éduqués et en bonne santé qui peuvent faire la différence.

- Il y a des jours où toute la souffrance que je vois me fait pleurer.

- Cela devrait te rassurer, tu ne serais pas humain si tu ne pleurais pas. Le Christ lui-même a versé des larmes car en tant que fils de Dieu, il était parfaitement humain.

- Il y a une question que je me pose depuis que j'ai l'âge de me poser des questions. Pourquoi Dieu permet-il la souffrance ?

- C'est la question que les hommes se posent depuis qu'ils sont sur cette terre. Certains ont fabriqué des explications, ils disent « Cet homme souffre parce qu'il a pêché, ou parce qu'il a un mauvais karma ». Méfie-toi de celui qui justifie la souffrance. Claudel a dit « Dieu n'est pas venu supprimer la souffrance. Il n'est même pas venu l'expliquer, mais il est venu la remplir de sa présence ».

Elle s'arrête et me sourit.

- Je vois que tu t'entends bien avec Nathalie. Je l'aime beaucoup cette petite, elle a beaucoup de force et à la fois elle est très vulnérable. Le seigneur lui a fait des dons en abondance et elle donne tout ce qu'elle a, mais elle a du mal à recevoir.

- Parfois je sens qu'elle a une blessure qui est enfouie en elle et qu'elle ne veut pas dévoiler, comme si elle avait peur d'être heurtée à nouveau.

- Je crois qu'elle aurait besoin que quelqu'un s'occupe d'elle.

Les paroles de sœur Gabrielle m'encouragent.

- J'aimerais bien pouvoir mieux la connaitre, mais les occasions sont rares, elle n'a pas un moment de libre.

- Je crois pouvoir t'aider.

- Comment ?

- Je suis infirmière moi-même, je peux rester au dispensaire le week-end prochain. Partez tous les deux faire une excursion, il y a beaucoup de merveilles à découvrir à Madagascar.

Je la serre dans mes bras en la remerciant. Elle ne semble pas étrangère aux émois de l'amour, je me demande si elle veut donner à Nathalie ce qu'elle n'a pas eu elle-même à son âge. Je ne connais pas son histoire, elle a certainement eu son lot de déceptions et de souffrances. Ses blessures se sont-elles guéries en choisissant une voie dévouée aux autres ? Dieu nous demande d'aimer notre voisin comme nous-mêmes, mais combien d'entre nous arrivent à trouver cet équilibre ? Il est facile de tout donner aux autres et de s'oublier. Nathalie a-t-elle déjà été aimée, a-t-elle eu une déception ? Je n'aurais des réponses à ces questions que si elle baisse sa garde et accepte de se laisser approcher. Je dois y aller en douceur et tempérer mon impatience.

Quand j'ai su que Nathalie aimait autant la randonnée que moi, j'ai trouvé la destination idéale pour partir un week-end, le parc national d'Andasibe, à deux heures de route de Tananarive. Si ce n'était pas pour la proposition de sœur Gabrielle, Nathalie n'aurait jamais accepté de laisser le dispensaire pendant deux jours. J'ai loué une voiture, réservé un hôtel et adressé une quantité démesurée de prières à Dieu pour que tout se passe le mieux possible. Sœur Gabrielle m'a assuré qu'il n'y avait de limites à la prière, Dieu aime qu'on lui parle, il ne s'en lasse pas même si on lui répète toujours la même chose.

Nous passons le samedi dans la réserve d'Analamazaotra qui est réputée pour abriter des lémuriens indri indri. C'est le plus grand lémurien de l'île haut d'environ un mètre, avec une queue à peine visible, des marques noires et rouges et un visage semblable à celui d'un ourson ébahi. Nathalie trouve qu'il ressemble à un panda un peu mal formé. Nous en voyons effectuer un saut de dix mètres, exécuter un demi-tour en l'air et se retourner en plein air pour nous observer de loin. Nathalie est ravie, je lui raconte la légende d'un garçon appelé Koto qui est allé en forêt cueillir du miel sauvage. Il fut gravement piqué par des abeilles, mais ayant perdu son équilibre, il fut rattrapé par un indri qui l'a rapporté sur son dos chez lui. C'est pour cela qu'en malgache, les indris sont appelés « babakoto » ce qui veut dire père de Koto. Nous voyons aussi différentes sortes d'oiseaux. Il y en a qui nous narguent du haut de leur perchoir, nous ne pouvons pas bien les voir mais nous les entendons crier « koa koa ». Rémi m'avait conseillé d'attendre le crépuscule pour entendre les indri indri chanter, mais je ne m'attendais pas à entendre un cri horrible à mi-chemin entre le chant d'une baleine et celle d'une sirène de police. L'hôtel n'est qu'à quelques kilomètres de la réserve et nous les entendons encore quand nous y arrivons.

- Merci Pierre de m'avoir arraché à mon dispensaire, je me sens revivre. Je ne me suis pas arrêtée depuis que je suis arrivée à Madagascar. Je me suis lancée à fond dans mon travail et j'ai trouvé un réel bonheur á prendre soin des enfants. C'est devenu ma raison de vivre et je n'ai pas pris soin de moi-même. J'ai oublié ce que c'était de prendre le temps de respirer et d'apprécier la beauté de la nature comme je le faisais à Grenoble. C'est un paradis ici, j'en oublie presque la misère qui fait partie de notre quotidien.
    - Je suis content que cela te plaise. Ça sera à refaire, si tu veux bien.
    - Je vais étudier ta proposition et te ferai savoir, me lance-t-elle avec son air espiègle qui me fait craquer.

Le lendemain, nous faisons une plus longue randonnée dans une autre forêt; elle est très humide et malgré mes précautions, je me fais attaquer par des sangsues. Nathalie, très prévoyante avait amené du sel avec elle, c'est le meilleur moyen de s'en débarrasser. Cette forêt à peine été touchée par l'homme depuis sa création et je ne serais pas surpris d'y croiser un dinosaure ou un oiseau éléphant. C'était le plus grand oiseau du monde, il faisait trois mètres de haut, pesait près de cinq cent kilos et pondait des œufs de dix kilos.

La végétation est luxuriante, il y a des fougères immenses, des orchidées et des lianes, les arbres semblent toucher le ciel. Nous nous arrêtons à une piscine naturelle taillée dans la roche près d'une cascade pour nous baigner avant de manger.

Elle baisse la tête et je remarque une larme qui coule sur sa joue.

- Qu'est-ce qui ne va pas ?
- C'est rien, juste un peu de fatigue.
- Tu m'as dit que tu avais des moments de tristesse ; s'il y a quelque chose qui te travaille, tu peux m'en parler, ne le garde pas pour toi. Je ne trahirai pas, tu peux avoir confiance en moi.
- Oui, je sens que tu es digne de confiance. Mais j'ai peur de perdre ton amitié si je te le dis.
- Tu sais Nathalie, tu peux compter sur bien plus que mon amitié. J'ai des sentiments très forts pour toi.

Je vois un mélange de tristesse et d'espoir dans son regard,

- Nathalie, je t'aime.
- Pierre, moi aussi je t'aime.

Je la prends dans mes bras pour l'embrasser sur sa joue. Elle tourne sa tête et nos lèvres se rencontrent. Nous nous étreignons comme si nous avions peur d'être séparés.

Je vais chercher de l'eau pour essuyer son visage et nous désaltérer.

- C'est la première fois que je suis aimée ainsi. Je pensais vraiment ne pas être digne d'un tel amour.
- Mais pourquoi ? Tu es très belle à l'intérieur comme à l'extérieur, tu as des talents, ton sourire est un rayon de soleil...

J'aurais pu continuer longtemps à énumérer tout ce que j'aime en elle, mais elle m'interrompt avec gravité.

- C'est à cause de mon histoire, j'en ai honte.

- Crois-moi, il n'y a rien au monde qui pourrait changer l'amour que j'ai pour toi.

- Je suis une enfant adoptée. J'ai été abandonnée à l'âge de dix-huit mois et je n'ai jamais connu ma mère biologique. Tout ce que je sais est qu'elle est espagnole et qu'elle a essayé de me garder. C'était trop dur pour elle, elle était toute seule, mon père l'avait abandonnée et sa famille aussi. Elle a préféré que j'aie des parents qui s'occupent de moi, plutôt que je sois rejetée par sa famille. Je vis avec la peur d'être abandonnée à nouveau et la tristesse d'avoir perdu ma maman.

C'est à mon tour d'être ému.

- Rassure toi je ne t'abandonnerai jamais, je serai toujours avec toi. Et ta mère, il n'y a aucun moyen de la retrouver ?

- C'est un abandon sous X, son nom est dans le dossier, mais les assistantes sociales n'ont pas le droit de me le donner.

- Ont-elles le nom de ton père ?

- Tout ce qui est marqué dans le dossier, c'est qu'il est métis, ce qui ne m'avance guère. J'aimerais tellement savoir d'où je viens. On m'a attribué toutes les origines possibles, sauf suédoise bien sûr. Celles qui reviennent le plus c'est la Réunion et Madagascar, c'est ce qui a influencé mon choix de venir ici. J'aurais bien fait une escale à la Réunion, mais ça ne s'est pas trouvé.

- Je te trouve très courageuse parce que tu ne laisses pas ce manque t'empêcher de vivre, Tu es venu ici pour te donner à fond, malgré ta douleur. Mais maintenant, il faut que tu penses à toi. En tout cas, si tu ne le fais pas, c'est moi qui vais m'en occuper. J'ai parcouru des milliers de kilomètres à la recherche de ma créativité. Je ne l'ai toujours pas trouvée, mais cela n'a plus d'importance. Maintenant j'arrête de chercher, ce qui m'est le plus important c'est d'être avec toi.

- Ta créativité ? Qu'est-ce que tu faisais avant de venir ici ?

Je n'avais pas dévoilé mon nom de famille en arrivant à la maison de Sœur Gabrielle pour passer incognito, mais Nathalie avait trouvé que je ressemblais étrangement à l'un de ses auteurs préférés. Elle avait beaucoup aimé « Les armes du bonheur » et avait pleuré lorsqu'Éloïse avait retrouvé sa mère biologique. Elle regrette que je ne puisse plus écrire, mais elle est heureuse que je sois tout à elle. Le récit de mes aventures attendra ce soir, car nous avons deux heures de marche pour rentrer à la voiture et nous ne voulons pas nous laisser surprendre par la nuit.

Nous avons parlé jusque tard dans la nuit et nous en avons conclu sans aucun doute que nous étions fait l'un pour l'autre.

J'ai trouvé mon âme sœur au moment où je m'y attendais le moins. Merci Sœur Gabrielle, merci mon Dieu ! Je ne me suis jamais senti aussi heureux et Nathalie me confie la même chose pour elle. Dieu a bien guidé nos pas pour que nous nous trouvions, mais cela dépendait aussi de nous, si nous ne l'avions pas écouté nous ne serions pas rencontrés. C'est ça la liberté que Dieu nous donne car il n'y a pas d'amour sans liberté. Il nous aime mais c'est à nous de lui faire confiance, il ne peut pas nous forcer. Il nous donne ce dont nous avons besoin et en retour il n'attend qu'une chose, notre amour.

Au retour, Rémi et Linda ont tout de suite remarqué que je rayonnais de bonheur et Linda m'a avoué qu'elle avait parlé autour d'elle pour voir s'il y avait une jeune femme qui aurait pu me convenir. Elle trouvait dommage que je reste seul et elle est heureuse pour moi.

J'ai appelé Justine pour lui donner la bonne nouvelle et je lui ai assuré que je serai là pour le baptême de sa petite Félicie. Mon autre engagement est d'être témoin au mariage de Louis. « Ne tarde pas trop, je ne veux pas faire attendre Maria trop longtemps ! », m'a-t-il ordonné.

Nous avons passé tous notre temps libre ensemble et avons fait des projets d'avenir. Nous nous sentons en famille ici mais c'est en France que nous allons bâtir notre vie et avoir des enfants. Nous sommes restés à Madagascar un mois de plus pour finir l'année scolaire et avons tenu à fêter nos fiançailles avec notre deuxième famille. Les enfants ont chanté et dansé pour nous et sœur Gabrielle nous a bénit. Nous avons pleuré de bonheur mais aussi de tristesse de les quitter. Ils seront toujours dans nos cœurs et nos prières, nous ne les oublieront jamais.

VII

*« Trois choses demeurent: la foi, l'espérance et l'amour,
mais la plus grande d'entre elles c'est l'amour »*
1er épitre aux Corinthiens, Chapitre 13, verset 13

Après le mariage de Louis et le baptême de Félicie, nous sommes allés en Sicile pour le mariage de Jean-Claude. Il était aussi grandiose que celui de Louis était simple. A se demander s'il y avait un concours et que rien n'était épargné pour impressionner les juges. Les décorations de l'église et de la salle de réception, le repas, le spectacle avec le meilleur groupe folklorique de l'île, tout était digne d'un mariage princier. Jean-Claude et Annie auraient voulu faire plus simple, mais la famille de Jean-Claude ne leur a pas laissé de choix. Le lendemain, Nathalie et moi sommes allés à la clairière où une dame en noir avait prédit mon avenir avec une clairvoyance étonnante.

- Je m'en rappelle mot pour mot, comme si c'était hier. Elle a parlé de quelque chose qui m'avait échappé, c'était ma créativité. Elle m'a dit que la mort n'était pas ce que je crois et grâce à Louis, j'ai découvert qu'il y avait une vie après la mort. Elle savait qu'un être cher m'avait été enlevé mais que le secret de la perte de mon frère devait remonter à la lumière pour que je guérisse. Elle a vu que la mort allait frapper à ma porte à nouveau, mais qu'elle me redonnerait la vie. En effet, la mort a menacé mon ami Louis et c'est grâce à cela que j'ai trouvé la foi et donc la promesse de la vie éternelle. Enfin, elle m'a demandé de laisser mon âme me guider, car elle aussi est sur une quête de quelque chose de plus précieux que tous les trésors du monde.

- Et tu l'as trouvée ?

- Oui, c'est toi !

- Moi ?

- Oui, j'ai trouvé mon âme sœur, il ne peut rien avoir de plus précieux que cela. Mais il y a une chose qui ne s'est pas avérée, elle a dit que quand j'aurai retrouvé ma créativité, je ne la reconnaîtrai pas tout de suite, car elle sera transformée. Mais je ne l'ai pas retrouvé ou alors, elle s'est transformée à en être méconnaissable.

- J'ai réfléchi à ce que l'on pourrait faire pour continuer à aider les enfants à Madagascar.

- Je ne vois pas, nous sommes loin maintenant. A part envoyer des colis, mais je ne vois pas le rapport.

- Je crois que nous pourrions faire plus ; tu pourrais utiliser ta notoriété pour faire connaitre Sœur Gabrielle.

- Toi, tu as une idée derrière la tête.

- Que dirais-tu d'écrire des livres pour les enfants ?

- Je ne sais pas.

- Tu te rappelles l'histoire de Koto ? Tu pourrais en faire un livre.

J'ai un déclic. À partir de ce conte, j'imagine des histoires et des personnages dans le cadre des forêts de Madagascar. J'ai plein d'idées qui se bousculent.

- Mes idées, elles sont revenues ! Ça y est ! Je vais pouvoir écrire á nouveau, c'est génial ! Je vais pouvoir utiliser ma créativité pour aider les autres, pas seulement pour satisfaire un besoin personnel. Mais tu sais ce qu'il y a de mieux dans ce projet ?

- Non...

- Tu vas pouvoir illustrer les histoires !

Nathalie me sourit et me prend la main. Elle me regarde tendrement, puis nous nous aimons passionnément au milieu de cette clairière, comme si c'était la première fois. Le monde n'existe plus, seules nos deux âmes et nos deux corps. Nous nous endormons enlacés. Un oiseau qui crie « koa koa » nous réveille et nous ne savons plus si nous sommes ici ou à Madagascar. Je regarde autour de moi en espérant que la dame en noir ne va pas surgir et nous surprendre. Cet oiseau, si c'était elle ? Si c'est une sorcière, elle aurait pu facilement se transformer et elle serait contente de voir comment ses prévisions se sont accomplies.

Comme Nathalie j'aime les oiseaux, avec Dieu ils m'ont accompagné dans chaque étape de mon périple. Le hibou m'a apporté de la sagesse, la mouette de la sociabilité, le phénix de la résilience, la colombe de la paix intérieure, le coua du courage et l'hirondelle de l'endurance.

J'ai réussi à convaincre Guillaume de publier « Babakoto », notre premier livre pour enfants à condition qu'une partie des profits aille à Sœur Gabrielle et que son école en reçoive une centaine d'exemplaires. Ses collègues du marketing ont flairé une bonne opportunité de faire de la publicité qui bénéficierait non seulement aux enfants mais à Gallimard. Ils ont bien vu. Les interviews dans les journaux, les magazines et la télévision s'enchainent. Le livre a un succès immédiat et par la même occasion, les ventes de mes romans sont relancées. La question de mon prochain roman revient à chaque fois et je réponds que désormais, ma vie est tournée vers les enfants, pas seulement ceux de Madagascar, mais les nôtres. Ils peuplent nos rêves et nos projets, leur graine ne demande qu'à être plantée. Á défaut d'un roman, Guillaume est persuadé que mon autobiographie serait un succès.

- Quand tu étais en train d'écrire ton dernier roman, tu ne te doutais pas que ce serait ton dernier avant de prendre la route. Le titre est tout trouvé, « Un dernier roman pour la route », tu n'as plus qu'à l'écrire. Qu'est-ce que tu en penses ?

- Tu crois vraiment que cela intéresserait mes lecteurs ?

- Ce que tu as vécu n'est pas du tout banal.

- Tu sais que je n'aime pas me dévoiler.

- N'en parlons plus, le principal est que tu continues à écrire, je ne voulais pas que ton talent se perde. En parlant de talent, Nathalie est vraiment douée. Vous faites vraiment une bonne équipe. Et comment vont les préparatifs du mariage ?

- Nous allons faire simple. J'aurais voulu que les amis que je me suis fait au long de ma route puissent venir, mais cela fait loin pour eux. Bua va se marier à peu près en même temps que nous, sinon nous serions allés à son mariage.

- Vous avec des projets pour votre lune de miel ?

- Nous avons tous les deux une partie de nos origines en Espagne, donc nous allons revenir aux sources, en passant par Cassis bien sûr. La meilleure amie d'une cousine de mon père a abandonné sa fille et il se trouve que Nathalie a elle-même été abandonné la même année. Cela pourrait être une coïncidence, mais nous allons essayer de retrouver la cousine de mon père à Alicante où il l'a vu pour la dernière fois il y a bien longtemps.

- C'est passionnant, répond Guillaume, sans doute en pensant à l'intérêt potentiel de cette histoire.

Après la cérémonie religieuse, nous avons pris l'apéritif dans le jardin de Louis et des hirondelles ont tourné autour de nous plusieurs fois avant de reprendre leur chemin. Les invités ont trouvé que c'était un présage de bonheur et de fécondité. Oui, le bonheur a été notre fidèle compagnon pendant notre mariage et notre lune de miel. Nous avons retrouvé tous les deux une partie de nous-mêmes en Espagne. Malheureusement la cousine de mon père a perdu le contact avec son amie après qu'elle soit partie en Australie. J'ai promis à Nathalie que je l'emmènerai un jour là-bas, mais elle n'a pas voulu en entendre parler.

- Je veux avoir des enfants de toi, c'est ça le plus important !

- Oui, c'est l'acte créateur ultime, de donner la vie. Cela donnera une nouvelle dimension à ma créativité et cette fois je serai co-auteur.

Elle n'a pas l'air d'accord et je précise ma pensée.

- Je sais que tu vas faire tout le travail pour leur donner la vie, mais nous allons bien les faire grandir ensemble, non ?

Elle sourit.

- Oui et je sais que tu feras un père formidable, j'ai hâte de te voir les prendre dans tes bras.

Je pense aux personnages à qui j'ai donné la vie. Je n'ai jamais pu en faire exactement ce que je voulais et je pourrai encore moins avec mes enfants. Nathalie et moi écriront les premiers chapitres de leur histoire, avec ce que la vie leur aura donné. Ensuite ce sont eux qui écriront la suite, accompagnés de notre amour et celui de Dieu.

Mon cheminement spirituel a été long et tortueux et c'est grâce aux anges que Dieu m'a envoyé que je ne me suis pas perdu. Louis m'a ouvert les yeux au monde qui m'attend après ma mort et cela me permet de mieux vivre ma vie. Khaled m'a introduit dans la grande famille des enfants d'Abraham et Théo m'a fait découvrir la richesse de la parole de Dieu. Sans oublier Sœur Gabrielle qui m'a aidé à ouvrir le dernier cadeau que Dieu m'avait fait.

Aujourd'hui la foi que je partage avec Nathalie est simple, nous croyons que Dieu est amour et que si nous vivons avec amour, nous nous rapprochons de Lui. Suivre cette voie est plus important que de chercher des réponses à toutes les questions que nous nous posons et que sans doute nos enfants se poseront à leur tour. Je ne manquerai pas de leur dire de se méfier de ceux qui prétendent avoir toutes les réponses. Je leur dirai aussi que le message que Dieu nous a transmis est simple, mais Il ne nous a pas tout dévoilé et les hommes ont essayé de combler les manques. Cela a compliqué les choses et provoqué des guerres lorsqu'ils se sont focalisés sur des différences qui bien souvent n'étaient que des détails.

J'ai pris la route en quête de ma créativité et en plus j'ai trouvé la foi, l'espérance et l'amour ; ce sont des trésors qui nous permettent de nous rapprocher de Dieu mais l'amour est le plus précieux car c'est ce qu'Il est. Nous ne pouvons pas nous approprier ces cadeaux de Dieu. Au mieux, nous pouvons les apprivoiser en leur laissant leur liberté. Si un jour l'un ou l'autre s'envolent, nous devons leur faire confiance. Ce sont des amis fidèles et tels des oiseaux migrateurs, ils reviendront à leur demeure pourvu que nous gardions notre cœur ouvert pour les accueillir.

Bibliographie

Comme Pierre l'a observé, la réalité est parfois plus étrange que la fiction. En voici quelques références.

« La vie après la vie. Enquête à propos d'un phénomène : la survie de la conscience après la mort du corps » - expériences de mort imminente : Docteur Raymond Moody, éditions Robert Laffont, 1977.

« Course aux cadavres à Bangkok » - le fonctionnement de la fondation PorTekTung : www.pattaya4.com, d'après un article écrit par Brent Lewin publié dans courrierinternational.com.

« Le bouddha d'or » - la plus grosse statue en or au monde : fr.wikipedia.org

« Lèse-majesté in Thailand » - Article 112 de la constitution Thaïlandaise : en.wikipedia.org

« Pierre Valdo et les vaudois - Fidèles à la Parole » - L'histoire de Pierre Valdo : www.beauce.erq.qc.ca, traduction d'un article de Richard Hannula.

« Une certaine Vox populi » - l'art du Hira Gasy : www.madagascar-guide.com

A propos de l'auteur

Pascal Inard vit en Australie avec sa femme Isabelle et ses trois enfants, Amélie, Anaïs et Matthieu. Ils sont nés tous les cinq à Grenoble.

Avec Isabelle, il a écrit et publié un hommage à leur pays natal intitulé « Dear France, sweet country of my childhood - Chère France, doux pays de mon enfance ».

Pour plus d'informations, visitez www.dearfrance.net où vous découvrirez aussi les créations d'Isabelle inspirées par son amour pour la nature et les couleurs.

Vous pouvez leur écrire à inard@internode.on.net.